推しはα

3 終わりよければ、すべて良し

CROSS NOVELS

推しはα

推しはアルファ

3 終わりよければ、すべて良し

Oshi ha Alpha

夜光 花

NOVEL Hana Yakou

みずかねりょう

ILLUST Ryou Mizukane

CROSS NOVELS

CONTENTS

CROSS NOVELS

推しはα《アルファ》

3 終わりよければ、すべて良し

◆1　人見蓮《ひとみれん》の事情

「蓮、お客さん帰ったから、掃除しておくれ」

女将《おかみ》の声がして、人見蓮は子どもをあやしていた手を止めた。振り返ると、げっそりした表情で女将が蓮の部屋に入ってくる。女将は、ここ『七星荘《ななほしそう》』の主人だ。『七星荘』は高知《こうち》の山奥にある温泉旅館で、先祖代々受け継いでいるものだが、一般人には開放されていない特別な旅館だ。きっちりと髪を結い上げた和服姿の女将は、今年五十七歳になる蓮の実の母親でもある。蓮が高校生の頃に父親が亡くなったので、姉の都《みやこ》と一人息子の自分をシングルマザーで育ててくれた芯の強い人だ。

「やっと帰ってくれたの？　あのお客、不気味だったね」

泊まり客の文句はあまり言いたくないが、堪《こら》えきれず蓮は愚痴《ぐち》をこぼした。『七星荘』に訪れる客にはどうしても馴染めない。家業だからここで働いているが、東京《とうきょう》のホテルで働いていた時のほうが断然楽だった。

「ずーっと颯馬《そうま》を狙っていたんだよ。おお怖い！　颯馬ぁ、ばぁばがいるから安心してね。絶対お前には手を出させないからね」

震えながら女将が蓮の前で積み木をしていた赤子を抱き上げる。二歳になった蓮の息子の颯馬は、くりっとした目で女将を見つめ、小さな手に持っていた積み木をぶつけてきた。

「痛いよ！　もう、颯馬！　人に物を投げちゃダメだろ！」

女将の綺麗に結わえた髪に、きゃっきゃっと積み木をぶつける颯馬を女将が叱った。

「はぁい」

颯馬は叱られて一瞬だけしゅんとしたものの、お得意のあざとい顔で女将に抱きつく。ぎゅっとされるとそれだけで女将はめろめろになり、何もかも許して孫に頬ずりする。

「本当に可愛いねぇ、颯馬は」

昔は他人に厳しくてマイルールの適用ばかりしていた女将だが、孫が生まれてからはただの溺《でき》愛《あい》おばあちゃんになった。颯馬は蓮に似た面立ちで、たまに繁華街を歩いていると、多くの人から「可愛い」「将来イケメン」と声をかけられるくらい整った顔立ちをしている。

「じゃあ、しばらく颯馬の面倒見てくれる？」

蓮は腰を上げて、大きく伸びをした。作務衣《さむえ》を着た蓮は、長身ですらりとしたスタイル、柔らかい髪質に似合う彫りの深い顔立ちの持ち主だ。昔からずっと顔がいいと言われ、街中を歩いているとよく芸能人にならないかとスカウトされた。勉強もできたので、寄ってくる人は多く、しかも第二の性別がアルファだったので、常に人目を惹いた。

とはいえ、どれだけ人が寄ってこようと、蓮には他人に言えない特別な事情があった。実家が『七星荘』という旅館業を営んでいることだ。ここ『七星荘』は、いわゆる『妖怪』と呼ばれるものたちを相手に商売をしている。

代々母の血族がこの旅館を切り盛りしていて、亡くなった父も入り婿《むこ》として生きている間は旅館を手伝っていた。妖怪の間では、この『七星荘』の温泉が怪我や病気に大変な効能があると言われているそうだ。そのおかげか、予約は一年先まで埋まっていて、経営状態も悪くない。

蓮は大学を卒業した後、東京のホテルで二年、旅行会社で一年働いて、ここへ戻ってきた。物心ついた頃から母の手伝いはしていたので、妖怪の相手も慣れたものだ。

（未だに好きになれないけどね。妖怪は）

女将に息子の世話を頼み、蓮は部屋を出た。『七星荘』は瓦葺《かわらぶ》き屋根の純和風な造りの旅館で、見知らぬ人が来ると美術館と誤解される外観をしている。高知の山奥にあるので迷い込む人はめったにいないが、ごくまれに何かに呼ばれて辿り着く人がいる。父もその一人だったという。

館内は二階建てで、一階は厨房やロビー、大浴場があり、二階の部分に宴会場や宿泊する部屋がある。一日一組限定の宿だが、団体客が泊まることもあり、それなりに忙しい。

「あ、蓮。掃除に行くの？」

掃除用具を抱えて階段を上がっていると、姉の都がお盆に食器を載せて下りてくるところだった。姉の都は白い肌にぱっちりとした黒い瞳、和装の似合う日本人形みたいな顔立ちだ。現在三十五歳で、人混みにいると倒れてしまうという厄介な体質の持ち主でもある。

「ああ、一通り綺麗にしないと」

ため息をこぼして蓮は答えた。

「そうね、すごいフケだった」

都も身震いして答える。

昨夜から泊まっていた妖怪は、白髪交じりでぼろぼろの着物を着た老婆だった。やたらと息子の颯馬を見ながら舌なめずりしていたので、子どもを喰らう妖怪だったのかもしれない。

「今日はこの後、休みでしょ？　お願い、駅まで車出してくれない？」

都に頼まれ、蓮は苦笑した。都には大和《やまと》という恋人がいる。週に一回旅館へ配達に来る、都より五歳下の男で、元ヤンキーみたいな身なりの若者だ。結婚したいらしいが、大和の家の人から大反対されていて、こっそり逢瀬を重ねている。蓮も大和は姉の相手としてあまり好ましいと思っていないのだが、ほとんど男の影がなかった姉の恋路なので、なるべく協力してあげたいと考えている。

「いいよ、颯馬の服も買いに行きたいし。でもそろそろ免許取ったら？」

「そのうちね。ありがと」

蓮が頷くと、都の顔がぱっとほころび、足取りも軽く去っていく。明日は久しぶりのオフなので、都は大和と時間を気にせずデートできるだろう。

（大和さんにも印があるんだよなぁ）

客室へ入り、掃除機をかけながら、ふと蓮は考え込んだ。

妖怪相手に温泉宿を営むに当たって、人見家の人間には閻魔大王《えんまだいおう》から印を授けられる。その印があると、あらゆる妖怪から襲われないという貴重なものだ。蓮も都も幼い頃にそれをもらいに妖怪の里へ行った。

颯馬が生後四カ月くらいの頃、蓮は颯馬の印をもらいに妖怪の里へ行った。その時に、何故か大和と都も一緒だった。

（あれ、何であの時、大和さんも行ったんだっけ……？）

客室の掃除をしながら、蓮は眉根を寄せて記憶を辿《たど》った。自分が颯馬のために印をもらいに妖怪の里へ行ったのは覚えている。けれど無関係の大和まで行く必要はなかったはずだ。それに、もう一人誰かいたような……？

（颯馬の母親……？）

おぼろげな記憶を辿ろうと、蓮は掃除の手を止めた。

颯馬の母親は颯馬を産んで、半年もすると消えてしまった。きっと妖怪相手に働くのが嫌だったのだろう。慣れている蓮だって時々本当に辞めたくなることがあるのだ。一般人ならもっとつらかったはずだ。

（どうして名前さえ思い出せないんだろう）

颯馬の母親について思い出そうとすると、いつも頭が痛くなって思考がまとまらなくなる。

(確か……ユウ……という名前だった気がする)

ユウについて考えると胸が苦しくて泣きたい気持ちになる。名前もはっきり思い出せないのに、抱いていた感情だけが生々しく蘇《よみがえ》る。捨てられたのが苦しくて、去っていったのがつらくて、残された颯馬が憐《あわ》れで。

ユウとどうやって別れたかも思い出せない。幼い颯馬は自分に母親がいないことを理解していないが、大きくなれば自分の家の奇怪な有り様も、母親が消えたことも分かるはずだ。颯馬に苦しみを与えたくないが、ユウを捜す手がかりはない。何しろ記憶が途切れている。ユウの実家やこれまでの軌跡、どうやって知り合ったのかさえ思い出せないのだ。

(考えても無駄だ)

蓮は大きく首を振り、てきぱきと掃除を続けた。水拭きで汚れを拭き取り、窓や壁もチェックする。足りなくなった備品を補充し、シーツやタオルを洗濯室に運び込んだ。

「昼食にするよ」

掃除用具をしまっていると、厨房の料理担当の岡山《おかやま》という老人が白いコックコート姿で呼びに来た。岡山は八十二歳の杖がなくては歩けないご老体で、蓮が幼い頃からずっとこの『七星荘』で働いている。蓮にとっては祖父みたいな存在だ。岡山は年齢が年齢なので、そろそろ引退したいらしい。

「今、行きます」

汚れた手を洗い、蓮はバックヤードに入った。母も蓮も都も料理は一切できないので、ここでは岡山がいなければまともに食事にありつけない。バックヤードには従業員のロッカーや、書類を入れたキャビネット、従業員が食事する大きなテーブルがある。バックヤードの奥にスイングドアがあって、その先が厨房になっている。

「いやぁ、いやぁ」

すでにテーブルには女将と都がいて、子ども用の椅子に颯馬が座ってフォークを振り回していた。昼食は栗《くり》ご飯と秋刀魚《さんま》という秋の味覚だった。颯馬はあまり食に対する興味がないのか、ご飯を食べさせるのが一苦労だ。好き嫌いはないのに、何を食べてもいまいちという顔になる。

「わがまま言わないでちゃんと食べなさい」

蓮が席について颯馬を窘《たしな》めると、怒ったようにバンバンとテーブルを叩く。岡山が味噌汁を運んできて、やれやれと颯馬を見下ろす。

「颯《そう》ちゃんの喜ぶご飯を作るのは至難の業《わざ》だなあ」

岡山は苦笑しているが、内心ではがっかりしているに違いない。料理人として、喜んで食べてもらうのが一番だからだ。

「あれ、わー子じゃない？」

栗ご飯を食べている最中、都が部屋の片隅にいる女の子に気づいて箸《はし》を止めた。いつの間にか赤い着物を着たおかっぱの、七、八歳くらいの少女がいる。座敷童《ざしきわらし》と呼ばれる妖怪だ。蓮が昔から『わー子』と呼ぶので、都もそう呼ぶようになった。

「まぁ、座敷童様！　栗ご飯を召し上がりますか？」

女将は座敷童を見るなり、嬉々として立ち上がった。古くから座敷童がいると栄えると言われているので、女将は丁重な扱いだ。実際、少し前に座敷童がいなくなった時は、温泉が出なくなったことがある。

『蓮に手紙なの』

座敷童はとことこと歩いてきて、持っていた手紙を蓮に差し出した。蓮は渋い顔でそれを受け取った。座敷童は颯馬の横に立って、小さな手を差し伸べる。すると颯馬がフォークで刺した栗を差し出した。

『ありがと』

座敷童は颯馬の手から受け取った栗を頬張り、もぐもぐとしている。

颯馬は生まれつき妖怪が視《み》えるようだ。これまでも客として現れた妖怪に視線が動いていた。我が子なので覚悟していたが、妖怪が視えないほうが楽に生きられたのにと悲しく思ったりもした。

「閻魔大王様からじゃないかい！　うう、恐ろしい！」

手紙には封蝋《ふうろう》がしてあり、閻魔大王の閻の字が刻まれていた。重苦しい気分になって、封を開ける。閻魔大王は妖怪を統べる存在だ。自分と息子の印をもらうために会ったことはあるが、まるで心臓を摑まれたような気分になる恐ろしさを感じた。手紙とはいえ、二度と関係を持ちたくないのだが、無視するのはもっとまずい。

「えっ……」

純白に透かし模様が入っている和紙の便箋《びんせん》に綴《つづ》られた文字を読み、蓮は息を呑んだ。

「何て書いてあったの？」

都が不安そうに瞳を揺らす。

「颯馬の母親について話があるから、泰山府《たいざんふ》へ来い、って……。今回は絶対来るようにって、命令状だ」

蓮は手紙を読んで、顔を顰《しか》めた。泰山府というのは、閻魔大王がいる妖怪の里の首都みたいなところだ。閻魔大王から手紙が来たのは半年ぶりだ。何度かこちらへ来るようにという手紙が届いた。そのたびに、閻魔大王に会いたくなくて、妖怪の里へも行きたくなくて、丁重にお断りの返事を書いた。命令状まで出されるとは思わなかったので、今回は詫びの手紙ではやり過ごせないようだ。

「颯ちゃんのお母さんか……。私たち、皆、記憶がないもんね……」

都は颯馬の頭を撫《な》でてしみじみと言う。颯馬の母親についての記憶が、蓮だけでなく都にも女将にも、岡山にもない。

「うちら全員に記憶がないってことは、蓮……お前実は、妖怪と契ったんじゃ？」

女将が探るような目つきで蓮を問う。

「そ、んなことはない……と思うけど」

蓮は自信が持てなくてうなだれた。妖怪をあまり好きではない自分が、妖怪と所帯を持つなんてありうるのだろうか？　だが、自分たちに颯馬の母親の記憶がないということは、もしかしたら颯馬の母親は妖怪で、得体の知れない力で蓮たちの記憶を消していった――というのも考えられる。だから妖怪を統べる閻魔大王が蓮を妖怪の里へ呼び出しているのだろうか？

「まさか、颯馬を奪ったりはしないだろうね⁉　颯馬の母親が妖怪だったら、どんなこと言いだすか分かったもんじゃないよ！」

女将は最悪の事態を想像して、拳を握っている。

「母さん、落ち着いて。閻魔大王も颯馬を一緒に連れてこいとは書いてないし。颯馬は連れていかないよ、危険だから」

愛する孫を奪われまいといきり立つ女将を宥《なだ》めて、蓮は封筒をポケットにねじり込んだ。妖怪の里なんか行きたくない。だが――閻魔大王の命令状を無視するわけにはいかない。この宿が成り立っているのは、閻魔大王の許可が下りているからだ。閻魔大王と会った時のゾッとする感覚を思い出すと気が重くて仕方ないが、妖怪の里へ行かねばならないのだろう。

「しょうがないから行くって返事を出すよ」

蓮は不味《まず》そうな顔でご飯を咀嚼《そしやく》する息子を眺めて言った。

颯馬の母親は今頃どこにいるのだろう？　自分の息子がここにいることを知っているのだろうか？　こんなに可愛い子を置いて消えてしまうなんて、きっと情の薄い人なのだ。一度は愛して子を持ったのに、どうして自分はその人を思い出せないのだろう？

重苦しい気分に包まれ、蓮はやるせなく目を伏せた。閻魔大王からの呼び出しの手紙が、鉛《なまり》のように重く感じられた。

◆2　佑真《ゆうま》の事情

木蓋を開けると、むわっと湯気が飛び出して、小麦のいい匂いが辺りに広がった。

業務用の蒸しせいろには、ほかほかの肉まんが並んでいる。鈴木《すずき》佑真は竹製のトングでその一つを掴み、黒い皿に載せた。

「うわぁー。美味しそうですねぇ」

佑真の横に立って蒸し器を覗き込んだ二足歩行で歩く狸《たぬき》が、垂れてきたよだれを急いで拭く。狸は白いエプロンをつけていて、頭にコック帽を被っている。狸の妖怪で、名前を冷泉《れいせん》という。

「ああ、いい感じにできたな。熱いうちに閻魔大王に持っていかなければな」

佑真はワゴンに並べた黒い皿に、次々と肉まんを載せていく。最後の一つはだらだらとよだれを垂らしている冷泉に差し出した。

「ほら、お前の分」

佑真がにこっと笑って言うと、冷泉が浮かれて両手でそれを受け取った。

「あっち！　あちっ」

出来たての肉まんは熱々で、冷泉は肉まんをジャグリングみたいに宙に飛ばしている。佑真は肉まんの載った皿にドーム型の蓋を被せた。

「ははは。火傷するなよ。それじゃ、俺は閻魔大王のところに行くから」

佑真は冷泉に笑いかけながら、肉まんを載せたワゴンを押した。広い厨房には業務用のシンク、食材の置かれた棚、竈《かまど》や炭火焼き用の炉がある。ここは閻魔大王の料理人という肩書きを持つ佑真の仕事場だ。

「食べ終わったら、後片づけ頼むな」

厨房を出る際にそう言い残すと、はふはふと肉まんを頬張りつつ冷泉が頷く。冷泉は、佑真の助手で、以前は雑用係として庭の掃き掃除をしていた。あまり要領のいいタイプではなく、仲間の妖怪たちから虐められていたところを、佑真が助手として引き抜いた。妖怪にしては朴訥《ぼくとつ》で馬鹿正直な性格が佑真にはちょうどよかったのだ。

厨房を出て長い廊下を進むと、向こうから水色の漢服《かんふく》を着て頭に大きな羽飾りをつけた女性がやってきた。目尻に派手な化粧をしている太鳳《たお》という女性だ。閻魔大王の側近で、一見二十代後半くらいの綺麗な女性に見えるが、猫又《ねこまた》の妖怪だそうだ。

「佑真！　よかった、閻羅王《えんらおう》の間食ができたのですね。早く行って閻羅王のご機嫌を直してきなさい。冷気で屋敷中が凍ってしまう」

太鳳は佑真がワゴンを押しているのを見て、安堵したように胸に手を当てた。

「閻魔大王、ご機嫌斜めなんですか？」

分厚い絨毯《じゅうたん》の上を、ワゴンを進めながら、佑真は太鳳に聞いた。

「烈火隊《れっかたい》の奴らがまた問題を起こしましたの。本当にあの牛どもは……っ」

忌々《いまいま》しげに太鳳が歯ぎしりする。

「分かりました、急いで行ってきますね」

太鳳に急かされ、佑真は早足になった。角を曲がると急に気温が下がり、白いコックコート姿の佑真は震えるほどになった。進めば進むほど寒くなる。これは閻魔大王が不機嫌モードの時に起こる現象だ。閻魔大王は声を荒立てたり、暴力を振るったりすることはないが、不機嫌になると自然と冷気を発してしまう。その寒さは下っ端の妖怪には危険なほどで、人間である佑真にとっては凍死するレベルだ。幸いなことに閻魔大王は佑真の身体に危害が及ばないように、保護する術を施してくれた。だから佑真は平気なのだが、せっかく熱々の肉まんが冷めてしまうのは困る。急いでワゴンを押した。

閻魔大王がいる会議室に急ぐと、扉の前で鎧《よろい》をつけた犬の妖怪がガタガタと震えていた。衛兵たちは、槍の刃先を天井に向けて持っているのだが、震えすぎて甲冑《かっちゅう》の音がうるさい。

「おお、佑真！　やっと来たか！　早く閻羅王の怒りを鎮めてくれ！」

顔見知りの衛兵が、佑真に気づいて寒さに揺れながら扉を開ける。扉が開くと、中の冷気がどっと廊下に流れ出て、衛兵は一瞬にして真っ白に凍りついた。

「はははやく」

衛兵が青白い顔になって言う。

「お、おう」

かちんこちんになっている衛兵が気になったが、佑真はワゴンを押して中に進んだ。会議室には円形のテーブルがあり、上座に閻魔大王が座っている。会議室は極寒で、会議に参加している妖怪たちは皆寒さに震えている。名のある者ばかりなので、この冷気の中でも生きているようだが、ふつうの妖怪なら倒れていただろう。

「閻魔大王、間食をお持ちしました」

佑真はワゴンを横に置いて、ぺこりとお辞儀した。

「……佑真か」

佑真に気づいて、閻魔大王がこちらを見やる。閻魔大王はここ、かくりよを統べる存在だ。長い黒髪を後ろで一つに縛り、黒地に赤いラインの入った漢服を着て、目元を隠すアイマスクをつけている。通った鼻筋に薄い唇、見る者を圧倒するオーラを放った閻魔大王は、佑真にとって特別な存在だ。

「はい！　今日は肉まんです！」

閻魔大王に会えた嬉しさで佑真が笑顔で言うと、ふっと閻魔大王の口元が弛《ゆる》んだ。とたんに部屋中を凍らせていた冷気が収まり、閻魔大王と同じテーブルについていた妖怪たちの強張った顔が和らぐ。

扉の向こうで倒れていた衛兵も、冷気が消えて呪縛が解かれたように立ち上がって扉を閉めた。

「そうか、すまなかったな。冷めてしまったか？」

書類を持っていた手を休め、閻魔大王が佑真に微笑みかける。アイマスクをつけていて分かりづらいが、佑真はその奥に隠れた美しい尊顔を知っている。

「まぁ、少々……。あ、でも大丈夫かも」

佑真は皿に被せた蓋を開け、まだ温かいのを確認してワゴンを押した。

「佑真、助かりました」

閻魔大王の傍らにいた銀縁眼鏡の青年が、近づいてきた佑真に囁《ささや》く。茶色い髪に黒いスーツ姿の男で、龍我《りゅうが》という名前の、龍の化身だ。閻魔大王の補佐役で、佑真とも顔見知りだ。円形のテーブルには黒牛の妖怪や人間みたいに見える妖怪が五人座っていた。

「どうぞ」

佑真は大皿に載った肉まんを閻魔大王の前に置く。

「うむ」

閻魔大王は一番上の肉まんを掴み、ぱくりと頬張った。

「ふむ……、うん……美味い」

閻魔大王の頬が弛み、美味かったのか二つ目の肉まんを手に取った。食べ始めて閻魔大王の機嫌がよくなっていくのが目に見えて分かり、佑真は胸を躍らせた。あれほど凍るようだった室内が、あっという間に温かな春の日差しを感じる気温になった。閻魔大王は本来、何も食さなくても平気なのだが、佑真の作るものだけは好んで食べてくれる。

「閻羅王、吾《われ》らの分もお忘れなく」

閻魔大王の横に座っていたシュヤーマが咳払いして言う。このままでは大皿に載った肉まんを全部閻魔大王に食べられると思ったのかもしれない。シュヤーマは漢服を着た黒い犬の妖怪で、目が四つある。閻魔大王の側近の一人で、佑真にとって義父のような存在だ。

「言われなくても分かっておる」

ため息混じりに閻魔大王が円形のテーブルを回す。大皿に載った肉まんが隣のシュヤーマのところに運ばれ、一つ手に取られる。続いてその隣に座っていたシャバラという赤茶色で斑《まだら》模様の犬の妖怪の前に大皿が移動した。

「おお、美味そうだ」

シャバラもシュヤーマと同じ種族で、四つ目の持ち主だ。肉まんにかぶりついて、頬を上気させている。

「どれどれ、佑真殿の肉まん……ご賞味させてもらおう」

肉まんは次々とテーブルについた妖怪たちに食されていく。再び閻魔大王の前に戻ってきた時は、皿はすっかり空になっていた。佑真は空の皿を回収し、ワゴンの上に載せた。

「では、失礼します」

会議を邪魔するつもりはなかったので、佑真は深くお辞儀してワゴンを押した。部屋を出ていこうとした佑真に、「佑真」と閻魔大王が呼び止める。

「はい」

閻魔大王は佑真にとって『推し』だ。その推しに話しかけられて、満面の笑みで振り向くと、釣られたように閻魔大王が微笑んだ。本当はそのアイマスクを取ってもらって素顔を拝みたい。けれど閻魔大王の素顔を見ると、妖怪たちのほとんどは正気を保てなくなるといわれている。

「夕餉《ゆうげ》はオムライスとやらが食べたい。私室に持ってきておくれ」

閻魔大王に言われて、佑真はぱっと顔を輝かせた。閻魔大王のプライベートルームに呼ばれたということは、素顔を拝めるかもしれない。そんな期待に胸を膨らませて、「分かりました！」と元気に返事をした。

ワゴンを押して会議室を出ると、すっかり体調の戻った衛兵二人が、佑真の背中を叩いた。

「いやぁ、いつもながらお前に助けられてるな！　凍死するかと思ったぜ」

衛兵は冷気の消えた空気を吸い込んで、からからと笑う。

「人間のくせに不思議だなぁ。閻羅王にこれほど気に入られるとは」

もう一人の衛兵はしみじみと佑真を見つめ、首をかしげる。

「別に綺麗ってわけでもないし、パッとしない顔なのに」

淡々と言われ、佑真もその通りだと思って苦笑した。

自分の顔が平凡で、見た目は何ら取り柄になるものがないことを佑真は知っている。中肉中背で、圧倒的モブ顔。髪質もふつう、声もふつう、群衆にまぎれると探し出せる確率ゼロパーセントの自分だ。しかしどんな凡夫にも秀でたものはあるらしい。それが佑真にとって、料理だった。佑真の作るものを、閻魔大王は何よりも好んでくれる。人間の身でありながら、このかくりよと呼ばれる世界で、閻魔大王の料理人という地位につけたのだ。

（本当に俺は運がいいなぁ）

空のワゴンを押しながら、佑真は過去を振り返った。

佑真は人間で、うつしよの世界で生まれた。たまたまうつしよに来ていたシュヤーマが佑真を見つけ、捨て子で身寄りのなかった佑真を連れてここ、かくりよへやってきた。シュヤーマは佑真の義父となり、佑真を育ててくれた。もともと料理が趣味だった佑真は、ある日、作った羊羹《ようかん》を閻魔大王に献上した。それが気に入られ、閻魔大王の料理人に召し抱えられたのだ。

今では閻魔大王の住む屋敷の片隅に離れを持ち、一人暮らしをしている。閻魔大王は気前がよく、佑真がどんな食材を望んでもどこからか調達してくれる。調理器具も大抵のものは揃《そろ》えてくれるし、助手も雇ってくれるし、職場としては申し分ない。給料もいいし、妖怪と人間という他種族でありながら、関係は良好だ。

（シュヤーマはうつしよに行きたくないかって聞くけど、正直ぜんぜん興味が湧《わ》かないんだよな

ぁ）

義父であるシュヤーマは、人間の佑真は人間界にいるべきなのではと思っているらしく、時々そんな質問をしてくる。そのたびに佑真はかくりよが気に入っていると答える。うつしよにいた頃の記憶はないが、きっと嫌な目に遭っていたのだろう。自分はずっとここにいたいのだ。仕事も認められているし、まわりの妖怪とも上手くいっている。そして何よりも推しである閻魔大王のために料理が作れる。これほど幸せな世界は他にない。

（今夜はオムライスかぁ。閻魔大王、意外と卵料理が好きなんだよな。デザートにプリンも作っておこうかな）

夕餉のリクエストを思い出し、佑真はあれこれと考えを巡らせた。

厨房に戻ると、佑真は残りの蒸籠に入っている肉まんを確認した。蒸籠は全部で五段重ねられていて、残りの四段には熱々の肉まんが詰まっている。

「冷泉、肉まんを売りに行くか」

佑真はシンクを磨いている冷泉に声をかけた。

佑真が住むところは泰山府と呼ばれていて、かくりよにおける王都みたいなものだ。大きな屋敷や旅館、花街があり、あらゆる商売を営む店が並び、賭場《とば》や屯所《とんしょ》、寺子屋もある。閻魔大王の住む屋敷は泰山府の中でももっとも大きく華美な屋敷だ。そこで働く者も多く、佑真はたまに多く作った料理を売りに出すことがある。

「わぁ、皆さん喜びますよ！」

冷泉が笑顔で棚から笛を取ってくる。冷泉と一緒に肉まんが詰まった蒸籠をワゴンで運び、佑真は渡り廊下から中庭に出た。中庭で枯れ葉を集めていた一つ目小僧が、佑真たちに気づいてそわそわしだす。

「さて、合図を出してくれ」

中庭の芝生が広がった一角で、佑真は冷泉に言った。こくりと頷いて冷泉が横笛を吹きだした。ラーメン屋の客寄せのようなメロディを辺り一帯に流す。すると、どこからともなく閻魔大王の屋敷で働く妖怪たちが、どっと現れてきた。

「一列に並んで！　一人一個までだよ！」

冷泉が大声を上げて、集まった者たちを整列させる。駆け足で集まった妖怪たちは、わぁわぁ騒ぎながら佑真のワゴンの前に並ぶ。

「今日は肉まんです！　一個五銭です！」

佑真も大声を上げて、蒸籠の木蓋を開ける。肉まんのいい匂いがしたのか、列に並んだ妖怪たちのボルテージが上がった。あっという間に長い列ができ、佑真は竹のトングを使って、集まった妖怪の手に紙に包んだ肉まんを渡していった。

「押すな！　危ねぇだろうが！」

「横入りすんなよ！」

妖怪たちは押し合いへし合い状態で騒いでいる。冷泉が銭を受け取り、列をさばいていく。たくさん作った肉まんが、すごい勢いで売れていく。佑真と冷泉は素早い動きで行列を解消した。

「すみません！　残り五個です！」

最後の蒸籠の肉まんが残りわずかになってきて、佑真は甲高い声を上げた。肉まんが買えないと知った、後から列に並んだ妖怪が絶望的な表情で喧嘩を始める。

「喧嘩しないで！　また作るから！」

残りの肉まんを売り切り、佑真はぺこぺこと頭を下げた。買えなかった妖怪たちは憎々しげに美味しそうに肉まんを頬張る妖怪たちを見やり、あるいはがっくりとうなだれて持ち場へ戻っていった。

「ひゃぁー、すごいですね。今日もあっという間に売り切れました」

冷泉が怒濤《どとう》の勢いで空になった蒸籠を重ねて、満足げに言う。

「ああ、急いで撤収しよう。恨み言を言われても困るから」

佑真も笑顔になり、急いでワゴンを押す。

閻魔大王から許可をもらい、作った料理を屋敷で働く妖怪たちに売り始めたのは三年ほど前だ。

佑真の作る料理は妖怪たちに大人気で、我も我もと皆買いに来る。佑真にはよく分からないが、何故か自分の作る料理は妖怪受けするらしい。能力が伸びたり、力が漲《みなぎ》ったりするようだ。おかげで佑真はお金に困らない生活ができている。閻魔大王の料理人としての給料もあるし、こうしてお小遣い稼ぎもできるからだ。厨房に戻り、冷泉と稼ぎを山分けして、一息ついた。

「それにしても佑真さん、こんなに人気なら、街に店を出せるんじゃないですか？」

一息ついてお茶を飲んでいると、冷泉に目を輝かせて言われた。

「店かぁ。まぁ、夢だよな」

自分が街に店を開いているところを想像し、佑真は頰を弛めた。やはり男たるもの、起業してみたいと思う。いろんな客が好んで食べに来てくれたら、これほど嬉しいことはない。

「今は閻魔大王のご飯を作るのが楽しいけど、いずれ考えてみようかな」

佑真は憧れに胸を膨らませ、照れ笑いをした。

「絶対はやりますよ！　その時は俺を雇って下さいね！」

冷泉にお世辞を言われ、まんざらでもなくニヤニヤした。料理人として、自分の肉まんをあんなにたくさんの妖怪たちが買いに走ってくれたのは嬉しいものだ。妖怪の中には、「いつ売りに出すのかこっそり教えてくれ」と言ってくる者も多く、人気は高まる一方だ。

「そろそろ夕食の仕込みをしようかな」

冷泉と雑談しているうちに夕暮れ時になり、佑真は閻魔大王の夕食を作り始めた。デザートのプリンから手をつける。今夜は南瓜《カボチャ》プリンにしようと、南瓜を切っていく。閻魔大王はプリンが好きなのだが、特に薩摩芋《さつまいも》や南瓜といった芋《いも》系の味のプリンがお気に召しているようだ。レンジがないのでひたすら火を使って南瓜を柔らかくしなければならないが、その点は冷泉が役に立つ。冷泉は口から火を吹ける。妖怪の間では、火力が弱くて話にならないそうなのだが、こと料理においては抜群の火力調節能力を持っているのだ。

「佑真さんには本当に足を向けて寝られません」

夕食用の調理をしながら、冷泉が感謝の念に堪《た》えないといった表情で言いだした。

「佑真さんの料理を食べ始めてから、すこぶる身体の調子がいいんです。気持ちも穏やかだし、生活も安定しました」

冷泉は以前、虐められていたこともあって、ことさら佑真に恩を感じている。佑真と会う前は同僚から給金を奪われたり、街の妖怪から嫌な目に遭わされたりしたらしい。今は閻魔大王のための食事を作っているという肩書きができ、そういった目に一切遭わなくなったそうだ。妖怪の中には悪質な者も多いが、そんな彼らも閻魔大王の前では子羊同然だ。

「大げさだな。冷泉の真面目なところが俺は好きだぞ」

佑真はカラメルソースを作りつつ、言った。

「信頼できる奴と働けて、俺は幸せだ」

はにかんで笑い、冷泉と目を見交わす。料理長として自分の好きに料理できるし、助手はいい子だし、ここは佑真にとって夢のような職場だ。ストレスがまったくない。自分の料理で閻魔大王や他の妖怪も喜んでくれるし、これ以上望むのは贅沢というものだろう。

「佑真さん、ずっとここにいて下さいね。うつしよになんか行かないで下さいね」

わずかに不安そうに瞳を揺らし、冷泉が柔らかくなった南瓜を炉からシンクに運んでくる。冷泉は佑真が人間なので、いつかうつしよへ行ってしまうのではないかと心配している。

「俺はここが気に入っているから、追い出されない限りうつしよなんか行かないよ」

冷泉の不安を笑い飛ばし、プリン作りに精を出した。

うつしよには知り合いもいないし、ここ以外に佑真の居場所はない。さすがに人間である自分と結婚してくれる妖怪はいないが、推しである閻魔大王がいるので問題なしだ。

「お米も、そろそろ補充しないとな」

米袋を抱え上げ、ふと懐かしい気持ちが芽生える。

(そうそう、このくらいの重さ……)

抱えた米袋の重みにしっくりくるものがあって、首をひねる。

(あれ？　何がこのくらいの重さなんだろう？)

佑真は頭をかしげて米袋を床に置いた。時々、妙な既視感に浸ることがあって、我ながら意味不明だ。お米の重さはちょうど生後半年くらいの赤ん坊の重さに似ている。だが結婚すらしていない自分に子どもの重さなど分かるわけがない。きっと何か勘違いしているのだろう。

「そういえばうちの米を使ってほしいって売り込みに来た業者がいますよ。試供品があるので、試してみてほしいそうです」

冷泉が思い出したように言う。閻魔大王御用達という肩書きがあれば売り上げが上がるのは、うつしよもかくりよも変わらない。佑真のところには新商品を売り込みに来る者がけっこういるのだ。いいものはぜひ使いたい佑真は、試供品でもらった米を今日は炊いてみた。粒は大きめで、甘みのある米だ。なかなか美味いので、何袋か仕入れてみるのもいい。

「さて、運んでくるか。シンクを片づけたら、帰っていいぞ。今日もお疲れ様」

夕食用のオムライスと一品料理、デザートをワゴンに載せると、佑真は洗い物をしている冷泉に声をかけた。

「分かりました。お疲れ様です。また明日」

冷泉も大きく頷いて、厨房から出ていく佑真を見送る。

閻魔大王の部屋にこの夕餉を運んだら、佑真の今日の仕事は終わりだ。離れに戻って早めに就寝しよう。妖怪の世界は大好きだが、漫画や映画、テレビといった娯楽がないのが残念だ。絵巻物を売る妖怪もいるが、こちらはいまいち佑真の好みに合わなかった。どうしても読みたい漫画や本は、たまにうつしよに買い付けに行く妖怪がいるので、彼に買ってきてもらっている。

長い廊下を何度も曲がって、閻魔大王のプライベートルームに辿り着いた。

大きな扉の前には、牛頭の衛兵が二名槍を掲げている。

「閻魔大王の夕餉をお持ちしました」

佑真が声をかけると、見知った牛頭の衛兵が頷いて扉を開ける。

「失礼します」

開いた扉の中へワゴンを押し、佑真は奥に向かって声をかけた。プライベートルームとはいえ、その前にはまた扉があり、控えている従者がいる。従者は佑真の顔を確認し、さらに奥にいる閻魔大王へ知らせに行った。ほどなくして二つ目の扉が開かれ、佑真はワゴンを進める。

広々とした部屋には龍の絵が描かれた衝立があり、その裏に大きなテーブルがある。家具は凝った意匠が施されたものばかりで、テーブルの上には大輪の牡丹《ぼたん》が飾られていた。

佑真がテーブルに皿をセッティングしていくと、黒いカーテンの奥から閻魔大王が入ってきた。昼間の時に見た格好と同じだが、結んだ髪は下ろしている。

「いい匂いだ」

閻魔大王は小さく微笑み、従者の引いた椅子に腰を下ろす。

佑真がオムライスの載った皿と一品料理が載った皿を並べていくと、閻魔大王は従者を指一つで下がらせた。

「今宵は食事を共にしよう」

閻魔大王に言われ、佑真は待ってましたと目を光らせた。たまに時間に余裕があると、閻魔大王は佑真を誘ってくれる。その時のために、自分の分の料理もワゴンに忍ばせてあるのだ。

「喜んで！」

佑真はうきうきして自分の分の皿を閻魔大王の向かいの席に並べた。

「お酒は召し上がりますか？」

閻魔大王に尋ねると、「梅酒がいいな」と言われた。閻魔大王が食事するこの部屋には、棚にずらりと酒が並んでいる。そこから梅酒の入った瓶《びん》を取り出し、用意された杯《さかずき》に水で割ってお酒を作った。

「其方《そなた》は好きなものを飲むがいい」

お酒を運んだ佑真に閻魔大王が微笑む。

「ありがとうございます。それで、あの……」

佑真はもじもじとして椅子に座る閻魔大王を見つめた。

「何だ？」

分かっているくせに、閻魔大王は薄く微笑むばかりだ。

「今日はご尊顔を拝せないものかと……」

ねだるように手を組んで言うと、閻魔大王がくっと肩を揺らした。閻魔大王は長い指先を額に当て、笑いながらこちらを窺《うかが》う。

「本当に変わった奴だ。余《よ》の顔を平気で見れるのは其方くらいだぞ」

閻魔大王がおかしそうに言って、アイマスクに手をつける。すっと目元が露わになり、佑真はあまりの美しさに頬を上気させて飛び上がった。

「ううう、美しいーっ!! ああ、閻魔大王、今日も美しい顔を拝ませてくれてありがとうございます！　はぁーっ、眼福っ、興奮して昇天しそうですっ」

佑真は目をきらきらさせて叫んだ。閻魔大王の素顔はこの世のものとは思えないくらい美しい。実際この世のものではないので当たり前かもしれない。切れ長の目、黒曜石を思わせる瞳の色、陶器のようになめらかな肌、何故アイマスクでその美しさを隠すのか理解できないほどだ。こんな至上の輝きを見ることができないなんて、皆大損をしている。

「どうか、そのままでぇ！　食事中だけでも拝ませて下さいっ。目に焼きつけますからぁ！」

佑真は絨毯に土下座して、必死で頼み込んだ。

「分かった、分かった。其方には余の機嫌をいつも直してもらっているからな。今宵は余の顔を拝みながら食すがいい」

ふだんはすぐに隠される素顔を、ありがたいことに今夜はひけらかしてくれるという。佑真はだらしなく弛んだ頬を押さえ、閻魔大王の向かいに腰を下ろした。

「はぁ、信じられないくらい綺麗です。ああ、もうオムライスの味がしない。この世のすべての宝石より閻魔大王の素顔は光り輝いています」

佑真は閻魔大王の顔に釘付けになって、ぽろぽろ飯をこぼして言った。優雅に食事をする閻魔大王は、彫刻のように完璧に整った美がある。あの形のいい唇が自分の作ったオムライスを食べているなんて夢ではないか。

「賛辞はそこまでにしておけ。ところで、佑真。来週、うつしよから人が来る」

梅酒を口にしながら、閻魔大王が言いだす。

「は……」

うつしよから人、と言われ、佑真はうっとりしていた心地から引きずり出された。

「その者の食事を頼みたい。おそらく一週間ほど滞在するだろう」

閻魔大王は目を細めて佑真を見つめる。

「はぁ……。それは構いませんが、何をしに来るのですか？」

閻魔大王が人間を呼ぶのは珍しい。佑真は首をかしげて聞いた。

「其方も聞いているだろう。『七星荘』といううつしよの世界で、妖怪たちを受け入れている旅館の者だ。少し事情があってね。本当はもっと早く来るべきだったのに、あの男は意外とへたれというか……」

後半は口の中で呟くように閻魔大王が言う。

「ああ、例の温泉宿の人ですね」

佑真は大きく頷いた。うつしよにも妖怪専門の宿があるのだが、何でもそこの温泉に入るとどんな怪我も治るらしい。かなり僻地《へきち》にあるので、知る妖怪ぞ知る旅館だ。

「頼んだよ」

閻魔大王に頼まれては断るわけにはいかない。人間が来るというので少し気は重くなったが、滞在中の料理くらいなら佑真の分を作るついでに作れるだろう。

「分かりました」

問題を起こさなければいいと思いつつ、佑真はプリンに口をつけた。南瓜の甘みがよく出ている。ちらりと閻魔大王を見ると、嬉しそうにプリンを食べているのが分かった。表情は見た目にも変わらないが、閻魔大王は好物を食べていると柔らかい雰囲気を醸《かも》し出す。閻魔大王は佑真の作るものなら何でも好んで食べてくれるが、特に甘味は大好物なのだ。

「プリンはまだありますよ」

食べ終えてがっかりした空気を出す閻魔大王に、佑真はにっこりして言った。

「それを早く言わぬか」

案の定閻魔大王の顔が輝き、佑真の胸にハートの矢が突き刺さる。

「ふふふ。閻魔大王の望むものなら予想がつきます」

佑真は椅子から立ち上がり、ワゴンに隠していた二つ目のプリンを運んだ。すると、テーブルに置いた手を、そっと閻魔大王が握ってくる。

「其方がそう可愛いことをすると、手放したくなくなるんだよなぁ」

悪戯めいた微笑で閻魔大王に間近で囁かれ、佑真はぽっと顔を赤らめた。近くで見る閻魔大王の微笑は全財産を失っても構わないくらいの迫力がある。

「はうっ、閻魔大王！　いくらでも貢ぎますからぁ！」

推しの笑顔に蕩《とろ》けてしまいそうになり、佑真は意気込んで言った。

「そうは言うが、其方、余の寵愛を受ける気はないのだろう？」

佑真の手首に指を滑らせ、閻魔大王が流し目をくれる。以前からたまに閻魔大王は佑真に色っぽく粉をかけてくることがある。いわゆる夜伽《よとぎ》の誘いだ。

「あ、そういうのはいいんで」

すんっと冷静になり、佑真はきっぱり断った。閻魔大王は敬愛すべき存在で史上最高の推しだが、自分と閻魔大王がどうこうなるという考えは一切ない。推しは遠くで愛でるべき存在であって、自分みたいなモブと絡ませてはならない。何よりも閻魔大王を汚す気がして、絶対に嫌だ。

「余には理解できない思考回路をしているなぁ。まぁそういうところも嫌いではない。余にとって、其方はガラスの中の珍獣みたいだな」

よく分からない意味合いのことを言って、閻魔大王がさりげなく手を離す。

閻魔大王の誘いは謎だが、毛色の違う者が交ざっているので興味があるのかもしれない。あるいは自分の作る料理が好みだから、身体も味わってみたくなったとか。どちらにしろ、がっかりさせるのは間違いないので、佑真は毎回お断りしている。

「美味い……あと百個くらいはいける」

閻魔大王は二つ目の南瓜プリンを咀嚼して、すごい発言をしている。甘党で、大量の練り切りを食べたことのある閻魔大王なら本気かもしれない。

「妖怪って糖尿病にはならないんですか？」

見当違いかもしれないが、気になって佑真は尋ねた。閻魔大王が吹き出して笑い、和やかなムードになった。

それにしても人間界から客が来るのか。

何故か落ち着かない気分になって、佑真は汚れた皿を片づけた。

◆3　うつしよからの客

桃《もも》の花が中庭に咲いた日、佑真は閻魔大王に呼び出されて花神宮《かしんきゅう》という建物にいた。花神宮は閻魔大王の住む屋敷に比べて小さいが、庭に見事な牡丹が咲いている美しい宮だ。たまに宴会や高貴な女性を招く際に使用されている。

花神宮の庭にはひょうたんの形をした池があり、鮮やかな色の鯉《こい》が泳いでいる。佑真は時々天かすをあげて餌付けしているので、この日も佑真が池の傍を歩いていると、鯉たちが寄ってきた。

「悪いな、今日は持ってきてないんだよ」

池の端に群がってきた鯉に詫びながら、佑真はふと視線を感じた。ひょうたん池のくびれの部分の芝生に、黒地に赤いラインの入ったテーブルと椅子、日よけのパラソルが置かれているのだが、そこに龍我と見知らぬ男が立っていた。

「佑真君、お待ちしておりました」

佑真が近づくと、龍我が唇の端を吊り上げて軽く会釈する。佑真は二人の前に立ち、足を止めて龍我の横にいる男を凝視した。

そこにいたのは大きな旅行鞄を持った、見目の美しい男性だった。均整の取れた身体つきに、スーツを着ていて、佑真を見返している。彫りの深い顔立ち、柔らかそうな髪質、見つめられると吸い込まれそうな瞳、身長も高いし、十人中十人が振り返るような美形だ。

（えーっ!!　誰この人！　めっちゃイケメン！）

夢で逢うようないい男に見惚れ、佑真はしばらく言葉を失った。何故か男のほうも佑真を強く見つめ返す。

「佑真君、こちら閻羅王の客人です」

時が止まったように見つめ合っていた佑真たちに苦笑して、龍我が紹介する。ハッとして佑真は龍我を振り返った。

「あ、この人が！」

少し前に閻魔大王から食事を作ってくれと頼まれた人間だ。合点がいって、佑真は照れ笑いを浮かべた。

「人見さん、こちら閻羅王の料理人で鈴木佑真君です。こちらの世界は妖怪ばかりで過ごしにくいでしょうから、あなたの世話は彼に任せようと思います。佑真君は人間なので」

龍我が男の背中を押すと、慌てたように頭を掻く。

「そうなんですね。はじめまして、人見蓮です」

蓮ははにかんで笑い、すっと手を差し出す。

「よ、よろしく」

佑真はぎこちない笑みを浮かべ、差し出された手を軽く握った。閻魔大王から人間の食事を頼まれた時は面倒くさいと思ったが、こんなにイケメンだったならやる気も上がるというものだ。

「人見さん。好き嫌いなどありましたら、教えて下さい」

ついイケメンに見惚れてしまったが、本来の仕事を忘れてはいけない。佑真はにこにこして蓮に尋ねた。

「あ、いえ、俺は……好き嫌いはないです」

蓮は佑真の顔をじっと見て答える。気のせいか、先ほどから蓮は佑真の顔を凝視している。自分のように平凡な顔つきの男をこんなに見つめる人も珍しい。もしかしてどこにでもありそうな顔なので、知り合いと似ていたのかも。

「そうなんですか。じゃあ、こちらで用意しますね」

あまりにも蓮の視線が熱くて、佑真は居心地が悪くなり、数歩下がった。

「彼はしばらくここの客室に滞在しますから。同じ人間のよしみで、佑真君、よろしく頼みますね」

龍我に言われ、佑真は分かりましたと答えた。早速今夜の食事から花神宮の厨房を使って部屋まで運んでほしいと言われる。

「えっ？　ここの厨房を？　いつものとこじゃダメなんですか？」

花神宮は閻魔大王の屋敷と距離があるので、確かに温かい食事を作ったら運んでいる間に冷める可能性はある。とはいえ、慣れた厨房で料理を作るほうが佑真にはいいのだが。

「彼がいる間だけ、こちらにとどまってはどうでしょう。佑真君用の部屋も用意してありますよ。閻羅王も彼のいる間の食事は作らなくてもいいとおっしゃっていましたし」

さらりと龍我に言われ、佑真はショックを受けてその腕にすがりついた。いきなり腕を握る佑真に、龍我が珍しく目を見開く。

「俺、何かしましたか？　まさか閻魔大王の機嫌を損ねるようなことを？」

佑真としては必死だった。毎日楽しくスイーツを食べてくれていた閻魔大王が、急にいらないと言ったのだ。昨日出した苺《いちご》のケーキが気に入らなかったのだろうか？　それとも箸休めで出した漬物がいまいちだった？　走馬灯のように頭の中をここ数日で出した献立が駆け巡る。

「そういうわけではありませんよ。閻羅王は佑真君の作るものが殊《こと》の外《ほか》お気に入りですから。閻羅王なりに人間同士で交流を深めるべきだとお考えなのでしょう」

やんわりと佑真の腕を解いて、龍我が言う。本当だろうかと疑いの眼差しで龍我を見た。龍我はポーカーフェイスなので、表情からは何も窺い知れない。

「あの……、俺のせいで何か？」

佑真と龍我の会話を傍で聞いていた蓮が、曇った顔つきで聞く。

「いえ、大丈夫です。佑真君が急に不安になっただけなので」

龍我は笑いを噛み殺して、軽く佑真の肩を叩く。

「佑真君はもっと自信を持って。では、後は侍従に任せますね」

龍我が口笛を吹くと、どこからか獣耳と長い尻尾を持つ小柄な男の子が走ってきた。全体的にはちわれの猫っぽい雰囲気だ。オレンジ色の制服を着て、ぺこりとお辞儀する。

「甘夏《あまなつ》です。お二人をご案内します」

甘夏と名乗った少年の妖怪は、去っていった龍我に軽く会釈した後、蓮と佑真を誘って歩きだした。蓮は旅行鞄を肩にかけ、佑真と並んで歩く。蓮《はす》の花が咲く池の傍をゆっくりと進んだ。せっかくイケメンと出会えたのでさりげなく情報など聞き出したいところだったが、頭の中は仕事場の移動でいっぱいだった。自分が使いやすいようにカスタマイズした厨房を離れ、新しい場所で料理をするのが不安だった。料理が冷めない妖術でもあれば、いつもの厨房で作るのに。

池から離れ、年中牡丹が咲くという不思議な庭を通って、花神宮を見上げる。煉瓦《れんが》の壁で囲まれた中に、朱塗りの美しい宮が建っている。門には龍の彫刻があり、反った屋根瓦には鳳凰《ほうおう》がいる。建物自体はそれほど大きくはないが、全体的に凝った建築で閻魔大王の所有地でなければ観光名所になりそうだ。

「こちら、客人の蓮様と料理人の佑真様です」

石段を上がると、正面玄関の前に牛頭の衛兵が立っていた。厳つい顔をした二メートルはある妖怪で、手に槍を持っている。額に雄々しい角が二本生えていて、警備隊の黒い制服姿だ。甘夏に面通しされ、佑真は挨拶《あいさつ》した。

「おっ、佑真じゃねーか。なぁ、次に店出すのいつなんだ？　この間の肉まん、買い逃しちまったんだよ。もっと用意しておけよな」

右に立っていた牛頭は佑真と顔見知りだったので、いきなり文句を言い始めた。佑真の作るものが好きでよく買いに来る乱暴な奴だ。うろ覚えだが、名前は邪慳《じゃけん》だ。

「まだ決めてないですけど、あなた横入りとか弱そうな妖怪パシらせたりとか、評判悪いですよ。またやったらブラックリストに入れて売りませんからね」

佑真が臆《おく》することなく言うと、邪慳が「うへぇ、マジかよぉ」と情けない顔になった。

「もうしないからっ。喰えなくなるの困るっ」

邪慳がへこへこし始めると、隣に立っていたもう一頭の牛頭が快活に笑う。

「ははは、邪慳の奴。乱暴な男で通ってるのに、佑真にはからきしだな」

牛頭同士が笑っているのを、甘夏と蓮がびっくりして見ている。話が長くなりそうなので中に通してもらうと、蓮が奇異な目つきで佑真を眺めてきた。

「あの……君は人間なんだよね？」

小声で聞かれ、佑真は「そうですが？」と返した。

「そうだよね……。それなのに彼らと平気で話せるんだ……？　怖くないの……？」

蓮には意外だったようで、複雑そうな表情だ。牛頭はがさつで乱暴者が多いが、佑真の作る料理を真っ先に買いに来る熱心な客でもある。

「別に怖くはないですよ。印があるし。……あなたもあるんですよね？」

蓮が彼らを警戒するのが不思議で、佑真は問い返した。『七星荘』の人間には閻魔大王の印があると聞いている。佑真と同じように印があれば、妖怪は手出しできないはずだ。

「あるけど……。あっても、彼らは……」

蓮は言いかけた言葉を呑み込み、軽く首を振る。牛頭は声も大きいし、でかいだけあって威圧感がすごいので蓮は苦手なようだ。

「佑真様はお強いですねぇ」

佑真を先導していた甘夏は、尊敬の眼差しで振り返る。

「別に強くはないよ」

何をもって自分を強いと感じたのか分からず、佑真は苦笑した。

「強いですよ。僕なんか、警備隊の者とは挨拶しかしませんもん」

甘夏は小柄なので、大きな牛頭とは対峙《たいじ》したくないのかもしれない。妖怪同士は力関係が如実に表れるので、大変だろう。つくづく閻魔大王に印をもらえた自分は幸運だと感じた。

「こちらが宴会場です。ここで食事して下さい」

甘夏に案内され、黒い格子扉の部屋へ入った。宴会場が行われる部屋というだけあって、ふかふかの赤い絨毯と朱色に金糸の刺繡《ししゅう》が施された壁紙、黒で統一された丸テーブルと椅子が並んでいる。こんな広い華美な部屋で、一人ぽつんと食事をするのかと蓮に同情した。宴会場の奥の壁は全面ガラス張りになっていて、美しい庭が一望できる。

「厨房もご案内しますね」

宴会場を出ると、長い廊下を曲がって、甘夏が黒い扉を開けた。宴会場とさほど離れていないので、厨房の場所はすぐに覚えられた。花神宮の厨房は建物の大きさのわりに広く、閻魔大王の住む屋敷の厨房と同じくらいの機材が揃っていた。おそらく宴会が多く開かれるからだろう。竈や焜炉《こんろ》、調理道やシンク、食器棚を確認し、一通り揃っていることに安心した。

「お二人のお部屋へご案内します」

厨房内を全部見て回った佑真に、甘夏が言う。蓮は厨房の入り口で待っていた。厨房には興味がないらしい。

「はぁ……何で、俺にも部屋が？」

佑真はついぼやいた。住む場所なら閻魔大王の屋敷の離れにあるのに、どうしてわざわざと思ったのだ。

「さぁ？　自分は存じません」

甘夏は首をひねっている。自分より一回りくらい年下の侍従を責める気にはなれなくて、佑真は甘夏の後をついていった。厨房を出て、宴会場を通り過ぎた先の階段を上る。

（ところで……）

佑真はちらりと横を歩く蓮を見た。

（何でこのイケメンは、ずっと俺を見てるんだ？）

先ほどから何故か蓮の視線がまとわりついている。イケメンは好きだが、もっぱら見る専門で、親しくなりたいわけではない。先ほどからそっと顔を覗こうとするたび、ばっちり視線が合って困る。蓮という男、理由は不明だが、佑真に興味があるようだ。他に人間がいないせいだろう。

「こちらです。左が人見蓮様の部屋で、右が佑真様の部屋です」

二階の南東にある赤い絨毯が敷かれた廊下の先に、『桜の間』と書かれた扉があり、佑真の部屋が用意されていた。左には『梅の間』と書かれた扉がある。用意されたので一応中を確認しておこうと『桜の間』に入ろうとした佑真は、当然のようについてこようとした蓮を振り返った。

「あの……？」

何故客人が自分の部屋に入ろうとするのか分からず、佑真は眉を顰《ひそ》めた。その時点で、ハッとしたように蓮が身を引いた。

「あ、ご、ごめん。失礼しました」

蓮は動揺したようにかすかに頬を赤らめ、頭を搔く。

「……俺の部屋は隣みたいです」

蓮はちらちらと佑真の様子を窺いつつ、『梅の間』と書いてあった隣の部屋へ移動する。イケメンの隣なのかと気にしつつ、佑真は軽くお辞儀した。

改めて部屋に入ると、白い清潔なシーツがセットされたベッドと、小さなテーブルと椅子、小《こ》箪笥《だんす》が置かれていた。広さは十畳くらいだろうか。丸窓があって、蓮の花が咲く池が見える。床も壁も綺麗に掃除してあるし、申し分ない。

部屋から出ると、甘夏が佑真の様子を窺う。

「もしご不満でしたら、別の部屋を用意しますが」

心配そうに聞かれ、佑真は首を横に振った。

「いや、ここでいいですよ。ってか、別に部屋なんかいらないのに……」

どうして部屋を用意されたのか謎で、佑真は首をひねった。用意されたが、仕事が終わったら自分の家に戻るつもりだった。

ほどなくして蓮も部屋から出てきた。旅行鞄を置いて、ジャケットも脱いで身軽になっている。

「問題ありませんか？」

甘夏に聞かれ、蓮がこくりと頷く。

「お風呂は大浴場が地下にございます。そちらも案内します」

甘夏が続けてお風呂場へ案内する。階段を下って廊下に出ると、すぐにのれんがかかった扉がいくつも並んでいるのが見えた。『人間用』、『人間型妖怪用』、『獣型妖怪用』、『五十センチ以下妖怪用』、『大妖怪用』、『その他』と細分化されている。壁には大きく『泥田坊《どろたぼう》お断り』と注意書きがされていて、妖怪の世界のお風呂は大変だなぁと思った。佑真が暮らしている離れにも風呂はあるが、毎回風呂焚《た》きを頼まねばならないので、しばらくここを利用するほうが楽そうだった。

「お客様はこちらのお風呂をご利用下さい」

甘夏は『人』と書かれたのれんを指さす。甘夏曰《いわ》く、客がいる間だけ、使用人が風呂掃除をしてくれているとか。

「では、ご案内は以上です。何かありましたら、気軽にお声がけ下さい」

甘夏は花神宮の庭師もしているそうで、ふだんは奥庭で仕事を行っているようだ。甘夏にお礼を言って、佑真はこの場から立ち去ろうとした。その腕を、いきなり蓮が掴む。

「はい？」

びっくりして佑真が振り返ると、蓮が真剣な眼差しで自分を見ている。蓮の左手の薬指には指輪が光っている。結婚しているのか。そっと蓮の左手を離し、佑真はにっこりした。

「あ、食事の時間を決めていなかったですね。何時がご希望ですか？」

佑真はポケットからメモ帳を取り出して、蓮を見上げる。

「あの……」

蓮は奥歯に物が挟まったような顔つきで、佑真をじっくり見据える。それにしてもどこから眺めても美しい顔だ。特に斜め四十五度の角度で見上げると、神のごとき神秘な美がある。黄金律というものを持っているのかもしれない。くっきりはっきりした二重だし、まつげも長い。今まで自分は閻魔大王が至上と思っていたが、蓮の美しさはそれに劣らぬものがある。

「俺たち、どこかで会ったことありませんか？」

食事の時間を聞いたのに、見当違いの質問が降ってきた。佑真は五秒ほど真顔で固まり、メモ帳に『美形の破壊力』とペンを走らせた。

「いや、ないと思いますけど……？　あー、俺、本当に凡庸《ぼうよう》な顔つきなんで、どこに行っても見たことのある顔って言われるんですよ。人見さんはそんなことないですよね。一度会えば忘れられないくらいかっこいいですもんね」

内心荒ぶる心を鎮めようと、佑真はにこにこして答えた。自分が見目のいい女性だったら、ナンパかと思うところだ。

「そう……ですか？　そう……」

蓮は考え込むように口元を覆い、じっと佑真を見つめてきた。憂《うれ》いを帯びた瞳で見られると、変な鳥肌が立つ。いかん、これ以上目を合わせていると、骨抜きにされてしまう。

「朝食は何時にしますか？」

メモ帳に視線を落とし、佑真は質問を繰り返した。やっと蓮が食事の時間を口にしてくれる。朝食七時、昼食正午、夕食七時とメモ帳に書き込む。

「了解しました。では、これで」

佑真は貼りついた笑顔のまま会釈し、蓮に背中を向けた。蓮はまだ佑真と何かしゃべりたそうな顔をしていたが、これ以上は心臓が持たない。

佑真は早足で廊下を進み、牛頭のいる門を潜り、閻魔大王の屋敷に戻った。

厨房に駆け込むと、冷泉が小豆《あずき》を煮込んでいる。

「冷泉！　すっごいイケメンが来た！」

興奮して佑真が鍋に駆け寄ると、びっくりしたように冷泉が固まる。佑真は鍋の前で汗を掻いている冷泉に、人間界からの客人がいかに美しい顔立ちだったかを熱く語った。

「いやぁ、人間の客人の食事なんて面倒だなんて思ってたけど、マジで閻魔大王と並ぶくらい美形なんだよ！　この世の春か？　俺の推しは閻魔大王だけだと思ってたけど、人間界もやるなぁ。あんなに完璧な美があったなんて」

ハイテンションでまくしたてると、冷泉が呆れたように吐息をこぼす。

「佑真さん、本当に美形が好きですね……」

冷泉は顔の美醜にこだわりがないので、佑真の興奮ぶりに引いている。

「すまん、つい……。それで、しばらく俺、花神宮で飯を作らなきゃならなくなったんで、食材を一緒に運んでもらっていいか？」

ようやく落ち着いて、佑真は照れながら言った。人間が来るというので、人間が好む食材を注文して冷蔵庫や段ボール箱に入れておいたのだ。

「へー。すごく気を遣ってる客人なんですね。好待遇じゃないですか」

冷泉は小豆を煮る手を止めて、食材を詰めた段ボール箱を台車に載せていく。

「そうみたいだ。でもしばらく閻魔大王の食事はいらないと言われて」

寂しい気持ちも思い出し、佑真はため息をついた。

「閻羅王大好きな佑真さんは悲しくなっちゃったんですね」

佑真の気持ちに目ざとい冷泉が優しく微笑む。

「そうなんだよぉ」

冷泉としゃべりながら、食材を載せた台車を二台、それぞれ押していく。今夜の食事は何にしようかと頭を巡らせ、佑真は冷泉と長い廊下を進んだ。


花神宮の厨房に移り、食材や使い慣れた調理器具を並べると、佑真は冷泉と共に夕食の準備に移った。

客人の夕食を何にしようか迷っていたが、本人と会って、会席料理を出すことにした。最初の夜だし、歓迎の意味も込めて凝ったものを出したほうがいいと判断したのだ。閻魔大王が気を遣っている客だし、何よりも多種類の料理を出すことによって好き嫌いが分かると思った。

「佑真さん、器《うつわ》はこれでいいですか？」

冷泉は棚からガラスの器を取り出して聞く。会席料理は妖怪の中でも好む者は多く、閻魔大王が招いた客に出したことがあった。無論妖怪の中には作法など気にしないで食材にかぶりつく輩も多いのだが、役職についていたり、身分が上だったりする妖怪は贅を尽くした料理を好む。食べるものも人間とさして変わらず、器に綺麗に盛りつけた料理が好まれる。

「そっちじゃなくて、舟みたいな形のあったろ？　先付けはそれで」

人参《にんじん》を花の形に切りながら、佑真は指示を出した。焜炉には鍋が置かれ、煮物と吸い物を同時進行で作っている。冷泉は狸の妖怪なので、あまり指先は器用ではない。大根や人参といった野菜を、梅や菊の形に切るのは任せられない。

「はい、これですね！」

冷泉が奥から別のガラスの器を取り出し、少量の茹《ゆ》でた蕎麦《そば》を器に載せる。

「ダメ、もっと綺麗に」

冷泉は不器用なので、盛り付けも下手だ。佑真が包丁の手を止めて見本を見せると、真剣な表情で蕎麦を巻いていく。何度目かの挑戦で供しても問題ないレベルの盛り付けが成功し、よくやったと大きな背中を撫でた。

「また鮪《まぐろ》を仕入れたいなぁ」

吸い物と煮物の様子をチェックしながら、まな板の上に鮪の切り身を取り出して、向こう付けの刺身を切り分けた。かくりよにも海はあるのだが、かなり遠く、新鮮な魚を取り寄せるのは至難の業だ。ある秋の夜に無性に刺身が食べたくなって閻魔大王におねだりをしたら、羅刹鳥《らせっちょう》に雪女を乗せ海まで飛ばして大きな鮪を凍らせて運んでくれた。羅刹鳥は鶴《つる》に似た鳥で、鶴より何倍も大きい。飛行速度が速いので、遠くへ行く時は重宝している。あの時は鮪の解体を初めてやったので、我ながら興奮した。

「こんばんは……」

調理中に厨房の扉が開き、白い着物姿の女性が入ってきた。真っ白な肌に真っ白な髪、赤い扇情的な唇、物憂《ものう》げな瞳――雪女だ。

「あ、由岐《ゆき》さん」

佑真は包丁を置いて、手を拭きながら女性に近づいた。女性の名前は由岐といって、週に一度佑真のところへ来てくれる。

「こっちまで足を運んでもらってすみません。こちらの箱です。お願いします」

佑真は厨房の壁際に置かれた黒い硬質な箱を指さした。黒い箱は四つほど並んでいる。一メートル四方の黒い箱の蓋を開けると、中には冷凍用の食材が入っている。下のほうに十センチ程度雪が残っている。

「では……」

由岐が息を吸い込んで、黒い箱の中に向かって息を吹きかける。するとみるみるうちに雪が溜まり、食材を包み込んでいく。

「いやぁ、由岐さんがいて助かりましたよ。また来週お願いします」

黒い箱の中は氷室《ひむろ》と化し、これで食材が傷む心配はなくなった。電気のないこのかくりよでは、由岐のような雪女が冷蔵庫の代わりをしてくれる。厨房には黒い箱がいくつかあり、食材別に雪を詰めている。黒い箱は外部の温度を遮断するのか、ここに入れておけば食べ物は腐らない。佑真は由岐の仕事が終わった証明に、木札に判子を押す。それを受け取ると、由岐はぺこりとお辞儀した。雪女の一族はこうして日銭を稼ぐらしい。

「はい……ありがとうございました」

由岐は仕事を終えると、楚々《そそ》としたしぐさで厨房を振り返った。その視線がちらちらと焜炉に寄せられる。

「あ、よかったら味見していきます?」

由岐の視線を目ざとく見つけ、佑真は笑顔で尋ねた。由岐の白い肌がぽうっと赤くなり、無言でこくこく頷く。

「まだちょっと熱いですよ」

佑真は鍋の中におたまを入れ、煮込んだ人参やじゃがいも、大根や鶏肉をお皿に移す。ほぼ出来たてなので、湯気が立っている。

「どうぞ。そこに座って食べていいですから」

佑真が箸とお皿を差し出すと、由岐の目がくわっと開かれた。由岐は奪うようにお皿を摑み、立ったまま熱々の煮物を口に運んだ。ふつうなら舌が火傷する熱さだが、口に入れた瞬間に冷めるので、雪女には平気らしい。見かけのおしとやかな雰囲気とは裏腹に、すごい勢いで煮物をガツガツ食べ始めた。あっという間に皿を空にし、ほんのりと頬を赤らめる。

「おいしゅう……ございました……」

ほうっと吐息をこぼし、空になったお皿を佑真に戻す。由岐が来るようになって時々調理中のものをあげているのだが、食べている時だけは獣のようになるのが解せない。

「では……失礼します……」

小さく会釈して、由岐が厨房を出ていく。

「あの雪女、佑真さんの作るものを食べるようになってから、めきめき能力が上がったらしいですよ？　やっぱり佑真さんの作るものって何か力があるんですかね？」

由岐が出ていった扉を振り返り、冷泉がこそこそと話す。雪女の能力が上がるとはどういう意味だろう？　雪をたくさん作れるのだろうか？　よく分からなかったが、由岐の能力には感謝しているので、また来週来たら餌付けしておこう。

「茶碗蒸しは冷泉に任せたぞ」

最近料理の腕が向上してきた冷泉に一品任せることを決め、佑真は調理台に戻った。

夕食の時間までにあらかたの作業を終え、佑真はワゴンに盛り付けをした皿を載せた。本来は一品ずつ順番に運ぶものだが、何度も往復するのは大変だし、そこまで形式張る客ではないというのは分かっている。

（本気で礼儀を尽くす客なら、閻魔大王自ら足を運ぶしな）

龍我に紹介させた時点で、閻魔大王にとって最上級の客ではない証拠だ。

「人間の客人は久しぶりですねぇ」

冷泉にワゴンを押してもらい、佑真は厨房を出た。宴会場までたわいもない会話をしながら進んだ。途中で衛兵には誰にも会わなかったし、宴会場にも警備兵らしき者はいなかった。やはり閻魔大王にとっては重要な客ではない。あまりの放置っぷりに心配になったくらいだ。

「失礼します」

宴会場の扉を開けると、奥の窓ガラスの前に蓮が立っていた。佑真が入ってきたことに気づき、庭の池を眺めていた蓮が振り返る。

「お食事をお持ちしました」

佑真は冷泉と一緒にお辞儀をして、窓際にある席にワゴンを進めた。蓮は冷泉を見て、わずかに警戒するそぶりを見せた。まさか妖怪が作ったものは食べられないとか言いださないだろうなと、心配になった。

「席はこちらでよろしいですか?」

蓮が立っている傍の席を佑真が示すと、蓮が小さく頷いた。佑真はワゴンから料理の載った皿をテーブルに並べていった。蓮がテーブルに近づいてきて、料理を見て目を見開く。

「お飲み物は梅酒ですが、他のものに替えますか? ご希望があれば、用意いたしますが」

蓮が席についたので、佑真は梅酒の入ったグラスを持って尋ねた。

「あ、梅酒好きです」

蓮の答えに安堵して、グラスを置く。ワゴンに載せた料理をテーブルに全部並べると、冷泉が空になったワゴンを押して扉へ向かう。

「ご飯と水菓子はのちほどお持ちしますね」

蓮の整った横顔を眺め、佑真は一礼して去ろうとした。

「あの……」

佑真の背中に、蓮の声が飛んでくる。

「はい？」

貼りついた笑顔で振り返ると、蓮が言いづらそうに視線を泳がせる。

「佑真……さん、は一緒に食べないんですか？　人間だから……同じものを食べるんですよね？」

思い切ったように蓮に聞かれ、佑真は表情を変えないまま、静止した。

（いやいや、どこにシェフと客が一緒に食べる世界があるんだよ）

内心ではそう突っ込みたかったが、蓮からすれば一人で食べる食事は味気ないと思ったのかもしれない。

「まだ作業がありますので、ご一緒はできかねます」

にこにこして断ると、蓮ががっかりした様子で目を伏せる。美形の憂いを含んだ顔はよいものだ。きっと妖怪の世界で人間が他にいないので心細いのだろう。

「そうですか……無理を言ってしまってすみません。とても美味しそうな料理です。ありがとう」

蓮の顔が上向き、背景に薔薇《ばら》の花の幻覚が見えそうな微笑を浮かべた。

（礼儀正しいっ、イケメンなのにっ、イケメンなのにぃっ）

心の中で手を合わせ、佑真はにこりと笑い返して宴会場を出ていった。

「冷泉！　すごいイケメンだっただろ⁉　俺みたいなモブにまでお礼を言ってきたぞ！　やっぱ、くはぁ、超かっこいい。マジで完璧な美を持ってた！」

厨房に戻って興奮して冷泉の肩を揺さぶると、呆れたように眉根を寄せられた。

「俺には人間の美醜は分からないですよ。佑真さんのそんな興奮は、閻羅王以外じゃ初めてですね」

冷泉は蒸し上がった茶碗蒸しの入った器を取り出し、佑真に差し出す。

「味、確認して下さい」

冷泉が作った茶碗蒸しは五つ。万が一を考えて余分に作っておいた。佑真はスプーンで一匙《さじ》すくい、口にした。とろりとした食感、塩気も問題ない。

「出して大丈夫。そんじゃ時間計って、残りのご飯とか運んでくれるか？　俺も夕飯にする」

残りの品は冷泉に運んでもらおうと、佑真はコック帽をとって言った。蓮に出したものの残りを器によそい、厨房の調理台に並べて椅子を引っ張ってきた。

「うんうん、美味い。煮物も味が染みてるし、いい感じ」

箸を動かして、それぞれの料理を口に運ぶ。味見はしているが、改めて食べてみると、出した客の気持ちを推し量ることができる。

（刺身も充分美味いけど、人間界とは味が違うかもしれないなぁ。輸送経路が違うしなぁ。何よりも種類が少ないのがネックだよな。もっと気軽に鮮度のいい魚を手に入れる方法があれば）

刺身や焼き魚を咀嚼しつつ、佑真はあれこれと考えを巡らせた。佑真が食べている間に冷泉が残りのものをワゴンに載せて運んでいく。

「佑真さん」

しばらくして帰ってきた冷泉が、何故か顔を曇らせている。

「どうした？」

桃のコンポートを頬張りつつ、佑真は冷泉を覗き込んだ。冷泉が運んできたワゴンには空になった皿が重なっている。

「持っていくのは佑真さんのほうがよかったかも……。あの人間、俺を見てがっかりした顔してました」

冷泉に言われ、佑真は目を丸くした。気のせいか、客人に気に入られているような……？

「妖怪が怖いのかなー」

佑真は首をひねって、全部の皿を見て回った。今のところ残さず食べている。

「残りの片づけはやっておくから、もう上がっていいよ」

自分の食事を終えると、冷泉に声をかけて残りの皿を回収するためにワゴンを押した。調理器具はほとんど冷泉が洗ってくれたので、あと洗うのは客人の皿くらいしかない。食事を始めて一時間は経っているから、とっくに食べ終えているだろうと宴会場へ向かった。

「失礼します」

まだ客人がいる可能性もあったので、宴会場の扉を開けながら声をかけた。

「あ、佑真さん」

所在なげに壁にかかった絵を眺めていた蓮が、パッと顔をほころばせて近づいてくる。もう部屋へ戻ったと思っていたので、びっくりした。

「すみません。食べ終えたら部屋へ戻っていいんですよ？」

もしかして気を遣わせたのかと、佑真は気になって言った。

「あ、いえ。料理が美味しかったのでお礼を言いたくて……。どれも素晴らしく美味しかったです。煮物も味が染み込んでいたし、焼き魚も焼き加減がちょうどよかった。まさかここで蕎麦や刺身を食べられるとは思っていなかったので驚きました」

蓮は嬉しそうにして料理の感想を述べてくる。驚いたのはこっちだ。そんな真面目な感想がくるとは想定していなかった。

「ありがとうございます。作った甲斐があるというものです」

いい人だなぁと感心しつつ、佑真は汚れた皿をワゴンに載せていった。本当に残さず食べている。好き嫌いがないというのは真実のようだ。しかもものすごく綺麗に食事をしたのが、残った皿で分かった。きっと両親の躾《しつけ》がよいのだろう。好感度、爆上がりだ。

「明日の朝食、何かリクエストはありますか？」

食べることが好きな人は大好きだ。佑真は心から嬉しくなり、蓮に尋ねた。イケメンの上に礼儀正しく、好き嫌いなくご飯もいっぱい食べてくれる。こんな理想の男がうつしよにはいたのかと目から鱗《うろこ》が落ちる思いだ。

「和食が好きなので、できたら和食が——あれ」

テーブルを綺麗に拭いていると、背後に立った蓮の声が急に固くなる。何事かと振り向いた佑真は、蓮の表情が強張っているのに気づいた。

「何か？」

先ほどまでにこやかだった蓮の態度が変化したので、佑真は気になって首をかしげた。

「いえ、あの……佑真さんって……」

ちらちらと佑真を見やり、蓮が身を引く。

「すみません、何でもないです。俺は部屋に戻りますね」

蓮はぎこちない態度で、そそくさと宴会場を出ていく。何か気分を害することでもあっただろうかと心配になったが、別に心当たりはない。椅子を寄せ、全部の皿を積んだワゴンを押した。

和食が希望だというので、明日のための仕込みをしてから部屋へ戻ろう。

鼻唄交じりで長い廊下をワゴンと共に進んでいく。人見蓮。しばらくあの美しい顔を眺められるなんて自分はついている。脳裏に焼きつけた美貌《びぼう》を思い返し、佑真は一人で悦に入っていた。


その日の仕事を終えると、佑真は着替えを持って、花神宮の大浴場へ向かった。

佑真の住む離れにも風呂はあるのだが、いちいち薪《まき》を燃やして焚かないといけないので面倒なのだ。それを専用に請け負う妖怪がいるので、彼らに金子《きんす》を渡して焚いてもらっている。けれど今回は花神宮を利用できるので、せっかくなら大浴場を利用しようと思った。

先ほど甘夏に案内された大浴場へ行くと、佑真は『人間用』と書かれたのれんを潜って中に入った。六畳程度の広さの脱衣所があり、仕切りのあるボックスが壁に埋め込まれている。積まれた籠《かご》を一つ手に取り、着ていた衣服をそこに入れてボックスに突っ込んだ。使い方はほぼうつしよと同じで、とても分かりやすい。

「おっ、いいなぁー」

がらりと扉を開けると、湯気に曇った浴場が現れた。十数人程度は一度に入れるくらいの大きさの浴槽があり、床と壁はモザイク状のタイル張り、身体を洗うところもちゃんとある。佑真は浴場の壁際に積まれていた桶《おけ》を一つ手に取った。

「すごい、何でもあるじゃないか」

洗い場に座ると、シャンプーもリンスも石鹸《せっけん》も揃っている。人間用というだけあって、うつしよから仕入れてきたと思しき、佑真も知っている銘柄のシャンプーやリンスだった。

「いいなぁ、しばらくここで風呂をすませようかな」

人を招く場所だけあって、アメニティの品揃えは充分だ。鼻唄を歌いながら髪や身体を洗い、湯船に沈んだ。

「くはぁー。気持ちぃー」

お湯は透明で少しぬるついている。温泉かどうか分からないが、肌によさそうな感じだった。

一人で大きな風呂を堪能していると、いきなり扉ががらっと開いた。

「わっ！」

入ってきたのは蓮で、誰もいないと思っていたのか、湯船にいる佑真を見て、ぎょっとした。

「す、すみません！　すぐ出ますから！」

何故か蓮は慌てたそぶりで浴場から出ていこうとする。

「え、いや、一緒にどうですか？　気持ちいいですよ？」

客人である蓮を追い出すわけにはいかなくて、急いで佑真はお湯から出て蓮を引き留めた。蓮は佑真のほうをちらりと見て、赤くなった顔を背ける。

「……大丈夫なんですか？」

そっぽを向きながら聞かれ、佑真は苦笑した。

「ぜんぜん平気ですが？　男同士だし、何か問題でも？」

蓮の強張った態度が理解不能で、佑真はどうぞ、どうぞと促した。蓮がおずおずと洗い場のほうへ行ったので、佑真も安堵して湯船に戻った。同性なのに一緒に風呂へ入るのを躊躇《ちゅうちょ》するなんて、蓮はひょっとして潔癖症なのだろうか？　まさか従業員とは入れないとか言わないだろうなと気になった。

（それにしても……立派なもん、持ってるなー）

浴槽の縁に腕をかけ、髪を洗っている蓮を後ろから眺め、佑真はニヤニヤした。先ほど入ってきた時、全裸だった蓮の全身を目の当たりにした。適度に筋肉がついた身体はもちろんのこと、イケメンの上に立派なものを持っていて、さぞかし女性にモテるに違いない。外見に関しては、非の打ち所がないといえよう。

（閻魔大王と並んでいるところを見たいな。絶対萌《も》えると思うんだが。双璧って感じで）

蓮と閻魔大王が美を競わせているところを妄想し、佑真は表情を弛めた。閻魔大王に並び立つ存在はいないと思っていたが、意外なところから刺客がやってきた気分だ。

「……失礼します」

湯に浸っていると、そろそろとした様子で蓮が近づいてきた。今度は持参したタオルで下腹部を隠している。もしかして見ていたのがばれたかと内心ドキドキした。

蓮は佑真とは距離を置いて、湯船に沈む。

「いやぁ、ここを使うのは初めてなんですけど、こんな大浴場があったなんて知りませんでした。人見さんのおかげで、俺まで恩恵に与《あずか》れましたよ」

無言だと蓮が気にするかと思い、佑真は親しげに話しかけてみた。

「そう……なんですね。よかったです」

蓮は佑真のほうに目を向けたものの、やはりまた視線を逸《そ》らしてしまう。気のせいか、自分の裸を見ないようにしている。

佑真は顎の辺りまで湯に浸かり、話題を探した。

「あの……少し無防備ではないですか？」

考え込んでいた佑真に、蓮の低い声が届く。

「は？」

首をかしげて佑真が聞き返すと、蓮が目を伏せて額を擦《こす》る。

「他の男と一緒にこんな……。俺だからいいけど、万が一とか……襲われる可能性とか」

蓮は小さな声でぶつぶつ言っている。何を言っているかよく分からなかったが、ハッと気づくものがあった。

そういえば、人間用とは書かれていたが、男湯とか女湯とかはなかった。

つまり――泊まった客によっては、混浴になる可能性だってある。

「ホントだ、人間はめったに来ないけど、これじゃまずいですね。一応甘夏に言っておきますね。いや、閻魔大王に言っておいたほうがいいのかな。時間制とかにしてもらうとか。さすが、人見さんは温泉宿を経営しているだけあって、よく気づきますね」

佑真は感心して頷いた。

「……いや、もういいです」

蓮は奥歯に物が挟まったような態度で、完全に背中を向けてしまう。褒めたのにあまり気に入らなかったのだろうか。意外と気難しい人なのか。

「じゃ、そろそろ俺は上がるんで」

すっかり温まったので、佑真は浴槽から出た。蓮はずっと向こうを向いたままだ。耳が赤くなっているので、発汗しやすいのかもしれない。

「お先に失礼します」

大浴場に残った蓮に声をかけて、佑真は脱衣所へ戻った。タオルで身体を拭き、人心地つく。

蓮とは裸のつき合いで仲良くなることはできなかった。もう少しじっくり彫像のごとき肉体を見せてほしかったが、致し方ない。肩の筋肉のつき方もよかったし、何より腹筋が割れていたのはポイントが高い。

（冷泉に報告しよう。イケメンは肉体美も持っていると）

ニヤニヤが止まらなくなり、身体を拭きながら自然と鼻唄が漏れていた。わざと脱衣所に残っておいて、風呂から上がった蓮の肉体を拝もうかと考えたくらいだ。
（いけない、いけない。これじゃ変質者だ）
己の不埒《ふらち》な欲望を抑え込み、佑真はそそくさと脱衣所を出た。

◆4　恋するイケメン

料理人の朝は早い。佑真はもともと早起きが苦手なタイプではないので、朝早くの仕込み作業は苦にならない。助手の冷泉は朝がもっぱら苦手なので、到着時からの時間制にしている。就業時間はきっちりしたい佑真としては、サービス残業という言葉がこの世で一番嫌いだ。

その日は午前六時半に冷泉が厨房に駆けつけたので、皿洗いと掃除を頼んでおいた。和食を希望した蓮のために、朝食は白米と味噌汁、焼き魚と豆腐の和え物、風呂吹き大根、漬物といったあっさりしたメニューにした。どれだけの量を食べるか分からなかったので、炊いた白米をお櫃《ひつ》に入れてワゴンに載せた。炊飯器がないので、ここではもっぱら土鍋でご飯を炊いている。

「おはようございます」

七時に宴会場へ行くと、すでに蓮がいて窓からの景色を眺めていた。昨日はスーツだったが、今日はシャツにカーディガン、ズボンというラフな格好だ。普段着っぽくて、とてもいい。

「おはようございます」

蓮が微笑んで席につく。

「昨日は眠れましたか？」

佑真はテーブルの上に食事を並べながら、笑顔で尋ねた。蓮の髪は少し巻き毛らしい。チャームポイントだ。

「いや、何かちょっと慣れなくて……。あの、佑真さん」

お櫃の蓋を開けた佑真に、蓮が身を乗り出す。

「はい。あ、ご飯はどのくらい盛りますか？」

しゃもじでほかほかのご飯を掻き混ぜて、佑真が聞く。

「半分くらいで。――あの、この後お時間、ありますか？」

茶碗にご飯をよそっていると、真剣な表情で蓮に聞かれる。佑真が愛想笑いのまま首をかしげると、蓮がうなじを掻く。

「その、よかったらお庭を散歩しませんか？　佑真さんと仲良くなりたいんで」

かすかに照れた顔つきで衝撃的な発言をされ、あと少しで「ぐはっ」と何かを噴き出すところだった。

（仲良くなりたいって、どゆことーっ⁉）

胸の内で大きく叫び、佑真は平常心を装ってご飯を蓮の前に置いた。

「お気持ちは嬉しいですが、仕事がありますので……。あ、庭の案内が必要なら甘夏を呼びますけど」

浮かれてはいけないと必死に心を鎮め、佑真は急須《きゅうす》から煎茶《せんちゃ》を湯飲み茶碗に注いだ。美形はこれだから恐ろしい。平凡な顔の人間に言われても笑って聞き流せるフレーズが、美形が言ったとたん、あらぬ妄想を抱かせる。美形がモブに言ってはいけないフレーズに「仲良くなりたい」を足しておこう。

「そういうんじゃないです。あの、それじゃ、お昼はサンドイッチとかにして、庭で一緒に食べませんか？」

じれったいという口調で蓮が迫ってくる。さすがイケメンは心の強さが違う。もし佑真が同じようなことを他人に言って、やんわり断られたら、即座に引き下がってその後は何もアプローチしないだろう。けれどこの目の前にいるイケメンは、強い心でさらに食い下がってきた。これが地力の違いかと胸を衝かれた。

「あー……。えーと、まぁ、そこまでおっしゃるなら。お昼、二人分作っておきますね」

昼には昨夜のうちに仕込んだ饅頭《まんじゅう》を売りに行こうと思っていたのだが、イケメンの誘いとあれば仕方ない。美の鑑賞という名目で、客人とお昼を食べよう。

「本当ですか！　ありがとう。無理言ってすみません」

見蕩《みと》れるような笑顔で蓮にお礼を言われ、佑真はドキドキする胸を厭《いと》った。

（はぁ、マジでファンサがすぎますけどぉ？　何でこんなイケメンが俺と食事をしたがる？　やっぱり妖怪の世界だと、人間としゃべりたくなるもんなんだろうな。妖怪苦手っぽそうだし）

昨日会ったばかりだが、蓮が妖怪を苦手としているのは何となく気づいていた。その根底には恐怖があるのかもしれない。

「では十二時に昨日のひょうたん池のところで」

佑真は朝食をすべてテーブルに載せると、会釈してワゴンを押していった。

厨房に戻り、ほうっと吐息をこぼす。

「佑真さん、顔が赤いですよ？　風邪ですか？」

蓮との会話を思い出してニヤニヤしている佑真に、洗った皿を拭きながら冷泉が言う。ワゴンを定位置に戻して、佑真は手を洗った。

「俺が風邪なんかひくわけないだろ。健康だけが取り柄だぞ。イケメンの熱に当てられてな。お昼はイケメンに誘われてしまったよ。本当は遠くから顔を眺めていたかったが、仕方ない。真正面からあますところなくじっくり観察させてもらおう。あの人、マジで顔よすぎん？　天から使わされたかな？　もしかしてもうアルマゲドンが始まる？」

うっとりして佑真が言うと、冷泉が苦笑する。

「俺にはよく分かんないですって。佑真さんが楽しそうでよかったです」

「ははは。とはいえ、予定外のイベントで、饅頭を売るのは午後になった。その前に閻魔大王に進呈してこないと」

積んである木箱を開け、佑真は重箱に酒饅頭を詰めていった。中庭で何かを売る時には、先に閻魔大王に進呈するというルールがある。佑真は蝶《ちょう》の蒔絵《まきえ》が施された漆塗《うるしぬ》りの重箱に酒饅頭を詰めて、風呂敷に包んだ。

「ちょっと閻魔大王のところに行ってくるから、客人が食べ終えたら皿を片づけに行ってくれ」

冷泉に後を頼み、佑真は風呂敷包みを抱えたまま、花神宮を出た。閻魔大王の住む屋敷の前には幾人もの衛兵が立っている。帯剣している牛頭たちは佑真に会うたび「今日は売りに出すか？」と尋ねてくる。佑真が閻魔大王に進呈する和菓子を持っているのを目ざとく見つけたせいだろう。

「多分。分からない」

曖昧な情報を流して、建物の中に入った。途中で見知った閻魔大王の部下たちと挨拶を交わし、奥まで進む。閻魔大王の執務室の扉をノックすると、ドアが開いて龍我が顔を出した。

「おや、佑真君。閻羅王に差し入れですか？」

龍我は佑真の手に風呂敷包みがあるのを見て、扉を大きく開ける。

「はい。今日は酒饅頭です。必要ないって言われましたけど、閻魔大王に貢ぐのが趣味なので」

龍我に頭を下げつつ、中へ通される。最近ではもっぱらフリーパスの佑真は、閻魔大王の執務室に入れる唯一の人間だという。衝立の奥から芳《かぐわ》しい花の香りがして、佑真は鼻をひくつかせた。

失礼します、と告げて衝立の向こうへ行くと、重厚なデスクに閻魔大王が座っていて、その手前の革張りの長椅子に貴婦人が座っていた。花の香りはこの女性からしていたようだ。楊貴妃《ようきひ》みたいな高そうな衣装をまとい、口元を扇《おうぎ》で隠している。

「お客様でしたか。失礼しました」

龍我が通してくれたから、てっきり閻魔大王だけと思っていたので、佑真は急いで膝を落とした。

「構わぬよ。彼女もお前の和菓子が好物でな」

閻魔大王は書きかけの書類を横に置き、アイマスクの下で薄く微笑む。女性は何の妖怪か分からないが、見た目は美しい人の形をしていた。目尻に赤いアイラインを引いていて、卵のようにつるりとした綺麗な肌と、すっとした鼻筋、匂い立つような美しさを醸し出していた。

「おおお、お美しい。花の化身でしょうか？」

女性に見蕩れ、佑真は思わず賛美の言葉を口にした。女性が小さく笑った。昨日から美形祭りで、一体どうしたことか。佑真の好みのタイプではないが、その美しさは閻魔大王の隣にいるにふさわしい。

「ふふ。当たらずとも遠からずといったところだな。華耀《かよう》という。華耀、余の専属料理人だ。見知っておいてくれ」

閻魔大王が女性――華耀に向かって言う。華耀はこくりと頷き、扇で顔を覆った。一言も発していないが、部屋中に漂う花の匂いでくらくらしそうだった。

「こちらへ持ってきておくれ」

閻魔大王に手招きされ、佑真は立ち上がって風呂敷包みを閻魔大王の前に置いた。閻魔大王が心持ち楽しげに風呂敷を開く。

「今日は饅頭か」

重箱の蓋を開け、閻魔大王が唇の端を吊り上げる。そのまま素手で饅頭を摑み、一つぱくりと口にした。

「うむ。美味いな」

うんうんと頷きながら、閻魔大王が次々と口に頰張っていく。饅頭は合計十六個入れていて、最初は食べても三個くらいだろうと思っていた。だが閻魔大王の手が止まらない。飲み物もなしに、一気にどこまで食べる気だろうとハラハラしていると、残り三つという段階で、ぴしりと嫌な物音がした。思わず振り返ると、華耀が持っていた扇をへし折った音だった。見るからに華耀の表情が怒りにたぎっていて、佑真は「ひっ」と身をすくめた。美しい顔の女性が怒ると、背筋が凍りつく恐ろしさだ。

「ああ、すまぬ。あまりの美味さに手が止まらなかった。其方の分も残さねばな。ふう、佑真の作る和菓子は理性を奪うなぁ。佑真、これを華耀に」

閻魔大王が酒饅頭を一つ手に取り、残りの二つが入った重箱を差し出してくる。十六個あった酒饅頭のうち、二つしかあげないなんて、閻魔大王はわりと心が狭い。佑真は重箱を華耀の前にある小テーブルに置いた。

華耀の頰が赤く色づき、大切に酒饅頭を手に取り、小さな口でもぐもぐする。その美味しそうに食べる姿に満足感でいっぱいになった。

「華耀はしゃべらぬので、感想は察せよ。その顔を見れば、佑真の作ったものが美味しいと分かるであろう？」

楽しげに閻魔大王に言われ、佑真も頷いた。どうやら華耀という女性、口はきけないようだ。ふと目が合うと、華耀はほっそりした指で佑真を手招きした。何だろうと思い近づくと、華耀は懐から桃色の珠《たま》を取り出した。

「ほう、珍しい。華耀から褒美を得るとは。佑真、受け取るがいい」

感嘆した声音で閻魔大王が言い、佑真はおずおずと手を差し出した。華耀は佑真の手のひらに桃色の珠を乗せる。

「それは春告鳥《うぐいす》といって、……まぁ、飴《あめ》のようなものだな。元気のない時に口に含むと活力が出て効能を発する」

閻魔大王が説明してくれて、佑真は感激して頭を下げた。酒饅頭を進呈しただけでこんなお返しがもらえるとは、高貴な方は太っ腹だ。

「ありがとうございます」

うやうやしくもらった飴を白いハンカチにしまい、佑真はポケットに入れた。華耀は周囲の空気が華やぐような微笑みを浮かべている。

「お茶を……、あっ、閻羅王。私の分を残してはくれなかったのですね」

お茶を運んできた龍我が、重箱が空になっているのを見て、愕然《がくぜん》としている。華耀はすでに二つ目の饅頭を手にしている。恨みがましげに龍我に見られ、華耀が慌てて饅頭を隠すのが可愛らしかった。

「後で龍我さんの分を持ってきますよ」

がっかりしている龍我を慰め、佑真は空になった重箱を回収した。

「ところで佑真。客人の様子はどうかな？」

閻魔大王が窺うような目つきで尋ねる。客人というのは蓮のことだろう。佑真もそれに関して聞きたいことがあったので、居住まいを正した。

「えっと好き嫌いなく食べてくれるので助かっています。それで、閻魔大王。彼がいる間は何も作らなくてよいなんて、寂しいことおっしゃらないで下さい。まさか飽きたとか、ダイエットとか言わないですよね？」

佑真が不安げに聞くと、閻魔大王が明るく笑う。

「手間がかかるだろうと思っての言葉だよ。無論、其方の作るものは相変わらず美味で、手間でなければ余の分も所望したい」

「もちろんですよ！」

佑真は意気込んで言った。二人分作るのも三人分作るのも大差ない。花神宮で作るので、閻魔大王のもとへ運ぶ間に冷めないか心配なだけだ。

「よかった。それなら夕食だけでも閻魔大王のところへ運ばせて下さい。それにしても客人は何しに来たんですか？」

　閻魔大王の食事も作れると分かり、安堵して聞いた。一週間ほど滞在すると言っていたが、目的が不明だ。

「……佑真。あの男を見て、何か感じるものはないか？」

　顎の前で手を組み、閻魔大王がじっと佑真を窺う。

「とってもイケメンですね！」

　佑真は元気よく答えた。

「……それだけか？」

　気落ちするように閻魔大王から問われ、佑真は急いで頭を回転させた。

「えーっ、うーん、性格もよさそうだし、礼儀正しいし、推せるイケメンだなぁと……。ああ、妖怪は苦手な様子ですね。温泉宿をやっているはずなのに妖怪が苦手なんて、と思ったけど、ふつうはそうなのかな？」

　蓮に関する感想を絞り出して、佑真は閻魔大王の反応を確認した。閻魔大王が望む答えが見つからなくて、少々焦る。

「ふーむ……。其方の理想とする美男だろう？　恋したりしないのか？」

　素朴な疑問をぶつけられ、佑真はびっくりして両手を振った。

「そんなわけないじゃないですかっ、あんな美男に俺みたいなモブが恋するほど身の程知らずじゃありませんよ！　あくまで推したいだけですっ。それに俺、恋愛相手は異性で……。いや、まぁ絶対とは言いませんけど」

己の性別を思い出し、佑真は声を落とした。無意識のうちにうなじに触れてしまい、顔を曇らせる。

そう——自分は男だが、第二の性別はオメガだ。男女の他に、この世にはアルファ、ベータ、オメガという三種類の性別がある。アルファは優れた遺伝子を持つエリートが多く、ベータは一般人、対してオメガは劣等種といわれる存在だ。オメガは発情期があり、男でも妊娠する。頭の先からつま先まで凡庸一辺倒の自分だが、何故か第二の性別はオメガだ。とはいえ、ここはかくりよ。妖怪にアルファがいるわけなく、今のところ発情期も来たことはない。

「彼はアルファだそうだ」

閻魔大王に言われ、佑真は動揺して数歩引いた。なるほど、閻魔大王が気にした理由が分かった。オメガはアルファに惹かれるという。蓮がアルファというのは納得の話だ。見るからにできる男の雰囲気がぷんぷんしていたのは、アルファ性を持っていたからなのだ。

「そう……だったんですね。気をつけます」

佑真はしゅんとして視線を落とした。万が一、発情期でも来てしまったら、彼に迷惑をかけることになるだろう。昼に会う約束をしてしまったが、あまり顔を合わせないほうがいい。

昨夜は知らぬこととはいえ、風呂場で遭遇してしまった。これからは大浴場を使うのは控えよう。

「個人的情報なのに教えてくれてありがとうございました！　なるべく会わないようにします。知らなかったんで、昨日大浴場で一緒になっちゃいましたよ。花神宮のお風呂は使わないようにしますね」

佑真が顔を上げて言うと、閻魔大王が首をひねる。

「うん……？　どうも違う方向に進んでいるような？　いや、其方」

「何しろ妻帯者ですしね。うっかり間違いが起きないようにしなきゃ」

佑真は胸に手を当て、深く頷いた。オメガのヒートフェロモンはアルファの理性を奪うという。

佑真はフェロモンを発さないはずだが、何が起こるか分からない。

「間違いが起きても構わぬが。其方に似合いの男故、どうかと思ったのだが？」

何故か憐れむような目つきで言われ、佑真は焦って首を振った。

「いやいやいや、ないないない、です。閻魔大王、うつしよでは俺と客人を似合いとは言わないんですよ？　明らかにスペックが違うでしょ？　あっちはカースト制度の頂点にいる人で、俺は底辺の人間ですよ？　俺なんかと間違いが起きたら可哀想すぎでしょう。では、そろそろ失礼しますね。夕餉はいつものように私室へ運ぶのでいいですか？」

佑真は重箱と風呂敷包みを抱え、扉へ向かいつつ聞いた。閻魔大王が「あの馬鹿が、早く来ないから」とぶつぶつ呟いている。

夕餉は私室でいいという言葉を耳にして、佑真は執務室を後にした。

（アルファだったなんてなぁ。あっ、だから風呂場で俺に対して妙な感じだったのかな？　まさか、匂ってた？）

閻魔大王の屋敷内を歩きながら、佑真は悶々《もんもん》とした。アルファだったなら、オメガである佑真を気にして当然だ。昼に会う約束をしたのはまずかったかもしれない。かくりよの世界で生きていると、自分の第二の性別を忘れがちだ。

（アルファであんなイケメンで、きっと奥さんも美人なんだろうな）

蓮の左手の薬指に光る指輪を思い返し、佑真は少しだけ寂しい気持ちになった。自分はこの先きっと家族を持つことはないだろう。それがほんのちょっぴり、切ない気分にさせた。

昼時になり、気が重いながらも竹で編んだ籠に二人分のサンドイッチを詰めた。魔法瓶に温かい紅茶を入れ、両手に持つ。

中庭に出ると、心地よい風が頬を嬲《なぶ》った。かくりよでは季節の変化がめまぐるしく、今日は五月《さ》晴《つきば》れといった空になっている。ひょうたん池のくびれの部分にあるパラソルに向かって歩いていると、池の畔《ほとり》に蓮が立っていた。佑真の気配に気づいたのか、こちらを振り返る。

「佑真さん」

嬉しそうな笑顔で、蓮が駆け寄ってくる。自分より上背があり、しっかりした筋肉質の身体つきを見上げ、改めてアルファだなぁと感じた。何というか、漲《みなぎ》る自信とでもいおうか。明らかに勝ち組のオーラを醸し出している。

「庭を散策していたんですか？」

佑真が愛想笑いを浮かべて言うと、蓮が少し困ったように目を伏せる。

「やることがなかったものですから……」

池に目をやり、蓮が呟く。そういえば、と佑真も思い出した。

「人見さん、ここへはどんな用件で？」

何げない口調で佑真は尋ねた。閻魔大王に聞いてもくわしい話は教えてくれなかった。妖怪専門宿を営んでいるとはいえ、わざわざかくりよへやってくるには、それなりの理由があるはずだ。

「……」

ふっと蓮の表情が暗くなり、急に拒絶めいた意識を感じた。踏み込んだ質問だったと反省し、佑真は「あっ、すみません」と謝った。

「会ったばかりの人間が不躾《ぶしつけ》でしたね。お昼、食べましょう。天気もいいし」

わざと明るい言い方で佑真はパラソルの下へ移動した。白いテーブルクロスを敷くと、テーブルの上にサンドイッチを入れた竹籠を置く。

「飲み物は林檎《りんご》の紅茶ですけど、大丈夫ですか？」

魔法瓶からカップに紅茶を注いで聞く。

「あ、はい」

蓮の表情が柔らかくなり、椅子を引いて座る。竹籠を開けてサンドイッチの種類を説明していった。三角や四角に切り揃えたサンドイッチの他に、フライドポテトやサラダを詰めたパックも入れてある。

「美味しそうですね」

蓮がさっそく卵サンドに手をつける。

佑真も座って紅茶を口にしつつ、サンドイッチを頬張った。佑真がいるせいか、近くの池に鯉がどんどん集結している。大量発生した鯉はなるべく佑真に近づこうと、岸のところで折り重なってびちびち跳ねている。

「え、何か怖……。鬼気迫る鯉ですね……」

蓮もサンドイッチを食べながら鯉が大量に集まってきたのが気になる様子だ。佑真は仕方なく立ち上がり、ポケットから天かすを入れたビニール袋を取り出した。鯉の傍まで行って、なるべく遠くに天かすを投げる。岸に群がっていた鯉は、いっせいに天かすが投げられたほうへ泳いでいく。持っていた天かすを全部あちこちに投げ、いつものようにビニール袋を振って、もう餌は終わりだという合図をした。

「すみません。お騒がせして」

再び テーブルに戻ると、佑真は頭を下げた。鯉たちは佑真の合図を理解して、もう集まってくることはない。

「はぁ……、佑真さんって……」

ツナサンドを手に持ちながら、蓮がまじまじと佑真を見つめる。

「ちょっと変わった人ですよね」

困惑したそぶりで言われ、佑真は紅茶を飲み干した。

「そうですか？」

「そうですよ。妖怪とすごく親しげだったし……。そういえば佑真さん、は……、人間、って言ってましたよね？」

塩味の効いたフライドポテトを咀嚼して、蓮が窺うように聞いてきた。

「はい。人間です」

「何故、こんな場所に住んでいるんですか？　人間なのに妖怪の里にいるなんて……危険ではありませんか？」

心配そうに問われ、佑真は笑い飛ばした。

「え？　別に危なくなんかないですよ。閻魔大王に印をもらっているし、やり甲斐のある仕事だし、毎日楽しいです」

サンドイッチを頬張って答えると、驚いたように蓮が手を止める。

「そうなんだ……。でも人間の世界に家族だっていたでしょう？　いつからここに？」

　重ねて質問され、佑真がどう答えようかと悩んでいると、ハッとしたように蓮が口に手を当てた。

「すみません。自分への質問には答えないのに、あなたに質問ばかりして」

　蓮はがりがりと頭を搔いて、紅茶を呷る。

「先ほどの質問ですが、俺は閻魔大王からここに来るよう命令されて来たんです」

　硬い顔つきになって蓮が言う。明らかにつらそうな態度だったので、佑真も気になった。

「閻魔大王の呼び出しを受けたんですか。そのわりに閻魔大王と会ってないですよね？」

「ここでしばらく待機しろと言われました」

　蓮の視線が池に移る。

「閻魔大王が人間を呼び出すなんて、珍しいですね。何で会わないんだろう？　さっきも会ったけど、そこまで時間がないってわけではなかったのに」

　つい先ほどの閻魔大王の様子を思い出し、佑真は口を滑らせた。蓮の目が不審げな色を放ち、まずいことを言ったかなとそわそわした。

「……佑真さんは閻魔大王のお気に入りだと聞きました」

　じっと佑真を見つめ、蓮が低い声で言う。これまで専属の料理人を置かなかった閻魔大王が初めて料理人を雇い、しかもそれが人間だったのだ。佑真は閻魔大王の寵愛を受けているともっぱらの噂《うわさ》になった。

「閻魔大王が恐ろしくないんですか？　俺なんか、あの方の前に立つと恐ろしくて冷静ではいられません」

疑惑を帯びた眼差しで言われ、佑真はフライドポテトを口の中に入れた。

「ぜんぜん恐ろしくないですね。ここだけの話、閻魔大王の素顔はものすっごくイケメンなんですよ？」

佑真は声を潜めて、周囲に誰もいないかを確認しつつ囁いた。妖怪に閻魔大王の素顔を何度も見ていると言うと奇声を上げられるのが常なので、あまり大声ではしゃべれない。

「は……？」

蓮の顔が、鳩《はと》が豆鉄砲を喰らったみたいになる。

「それはもう！　この世のものとは思えないほど！　まぁこの世のものではないので、この言い方はおかしいかもしれませんが……。お金払って拝みたくなるくらい美形なんです！　アイマスクで隠しているのがもったいないくらいです。マジで！　あの美しいお顔を拝見したら、きっと怖さなんて吹っ飛びますよ！　いや逆に冷静じゃいられなくなるかな？　たまに素顔を見せてくれるのですが、その時はもう恍惚《こうこつ》とした感じに……」

佑真がうっとりして言うと、蓮が何ともいえない顔つきで固まった。

「あ、人見さんもイケメンですもんね。毎日自分の顔見てるから、美形見ても感動はしないのかな……。俺なんか生まれついてのモブ顔なんでね、閻魔大王のような麗《うるわ》しの君《きみ》に出会えると生きててよかったなぁって。かくりよじゃテレビもないし、芸能人もいないから美人に出会うのが難しいのが唯一の欠点なんですよ。本当に閻魔大王がいなければ、潤《うるお》いが足りなくて干からびちゃうところだったなぁ」

蓮と自分のテンションの差に気づき、佑真は照れ笑いをした。佑真が熱く語れば語るほど、蓮の気持ちが冷めていくのが伝わってくる。美形には推しを拝みたい気持ちは理解できないかもしれない。

「モブ顔……？　モブって……群衆って意味？　ごめん、よく分からない」

蓮には佑真の発する単語が分からないらしく、困惑している。

「あはは、まぁつまり俺は十把《じっぱ》一絡《ひとから》げのキャラだから、主人公格のキャラに会うとときめいちゃうってことです。特に顔の綺麗な人が――」

「そんなことないです！」

突然大声で遮られ、佑真は持っていたフライドポテトを落としてしまった。蓮は椅子から立ち上がり、身を乗り出して怖い形相になっている。

「え、は……？」

「佑真さんは十把一絡げなんかじゃないです！　初めて会った時から、ものすごく素敵な人だって惹かれたくらいだし……っ」

強い眼差しで蓮に力説され、佑真はぽかんとした。

「い、いやぁ……俺のどこが？」

自慢ではないが、顔は平凡、中肉中背で、頭の回転もふつうだし、取り柄といえば料理の腕がちょっとあるだけ。凡庸な自分に向けた言葉とは思えない。

「全部です！　佑真さんは魅力的な人だと思います」

強い口調で言い切り、蓮がふっと頬を赤らめた。自分が熱くなっているのに気づいたのか、ぎこちない動きで椅子に腰を下ろした。気に入られているようだと思ったのは、気のせいではなかったらしい。どうして自分のような平凡男に魅力を感じたか分からないが、理由については見当がついた。

「はは、かくりよじゃ人間は俺だけだから、逆に目立って見えたかもしれませんね」

周りが妖怪だらけで、ふつうの人間の姿は浮いているはずだ。蓮の目には佑真だけくっきり浮かび上がって見えたに違いない。

「そうじゃないです！」

納得するかと思った蓮が、再び大声で叫び、突然佑真の手を握ってきた。ぎょっとして握られた手を見ると、蓮が切ない顔つきで身を乗り出す。

「俺、あなたに会った時から、ちょっとおかしくて……。何かあなたが光って見えるというか……、いや本当に光っているわけじゃないんですけど、すごくいい匂いがして、胸がドキドキするんです。あの……ものすごく失礼な質問かもしれませんが、佑真さん――オメガじゃないです

か？」

真剣な目つきで詰問され、佑真はどきりとした。握られた手が急に熱を持って、その熱がこちらまで浸透してくる。

「……俺、何か匂いますかね？」

不安になって佑真は手を引っ込めようとした。けれど蓮の力は強くて、握られた手は動かない。

「やっぱりそうなんだ。昨日、あなたの首に噛まれた痕を見つけて……」

苦しそうに蓮が顔を伏せる。慌てて佑真は空いた手でうなじを押さえた。そういえば先日髪を切った際、うなじが見えるくらい短くしたのだった。どうせ妖怪しかいないし、見られても問題ないだろうと思っていた。

「あー……えっとー」

佑真が情けない声を出すと、蓮が乞《こ》うような眼差しになり、両手で佑真の手を握ってくる。

「運命の番《つがい》って、知ってますか？」

蓮が震える声で呟く。

「運命の……番？」

佑真は蓮の迫力にたじろいで、身を引いた。

「アルファとオメガには、たった一人だけ、そんな相手がいるって話です。出会う可能性は限りなく低いけど……俺は、あなたが俺の運命の番じゃないかって。いや——絶対にそうだ。そうでなければ、この感覚は説明できない。あなたに会ってから、頭がおかしくなってる。会えない時は寂しくて、一緒にいる時はもっと傍に近づいて熱を感じたくて」

熱っぽい瞳が佑真を見据え、どんどん距離が狭まっていく。ふっと風に乗って蓮の身体から甘く身体の芯を熱くさせる匂いがした。

「でも――あなたには番の相手がいるんですね」

急に声を落として、蓮が苦しそうに握った佑真の手を額に押し当てた。

「あ、いやまぁ、あの……」

「それがものすごくつらい」

蓮はこの世の終わりのように、吐き出す。佑真はこの場をどう切り抜けていいか分からず、視線を泳がせた。イケメンは好きだが、手を握られたり、甘い言葉を聞かされたりするのは苦手だ。佑真はあくまで推しを遠くから眺めていたいだけ。うっかり蓮の世界に入り込むなんて思いもしなかった。

「で、でも人見さんも結婚しているんだし……」

佑真がしどろもどろで言うと、蓮が我に返ったそぶりで佑真の手を離した。そして自分の左手の薬指に目線を落とす。

「……記憶がないんです」

消え入りそうな声で蓮が呻《うめ》く。

「え？」

あまりにも小さな声なので、思わず耳を欹《そばだ》てる。

「俺にはまだ二歳の息子がいます。母親は……生後半年くらいで失踪しました。今回ここへ来たのは、閻魔大王が息子の母親……俺の妻の消息について教えると言われたからです。実は妻の名もユウ…と言うんです」

「ええっ」

佑真は驚愕《きようがく》して口をあんぐり開けた。そんな重い話とは知らなかった。生後半年の息子を残して消えたなんて、どんな事情があったのだろう？

「それは早く聞きたいですね。俺からも閻魔大王に早く情報を渡してあげるようにと催促しておきますよ」

蓮に同情して、佑真は意気込んで言った。蓮は複雑そうにため息をこぼす。

「今の俺は、もう妻のことは忘れたいです。こんなところで運命の番に出会うなんて思ってもみなかった。まさか閻魔大王はこれを知って……？」

後半はぶつぶつと独り言のように話している。佑真はこれ以上一緒にいるとやばい雰囲気になりそうだと察し、そっと席を立った。

「そろそろ午後の仕事があるので、戻りますね」

空になった竹籠をしまい、佑真は蓮を見ないようにしてテーブルの上を片づけていく。

「佑真さん、俺は」

逃げようとした佑真を察してか、蓮がなおも言い募ろうとしてきたが、素早く荷物をまとめ、テーブルから離れた。

「奥さん、早く戻ってくるといいですね。ではこれで」

早口でまくしたて、佑真はそそくさと去った。蓮はわずかに佑真を追いかけるそぶりをしたが、諦めたようにその場に残った。

急いで厨房に戻りながら、佑真の頭の中はパニックだった。

(意味分からーん！　何故に俺にモーションをかけてくる？　運命の番とか、本気ですか？　美形って怖い！　失踪したとはいえ、奥さんいるのに！)

ひいひい言いながら佑真は後ろを振り返らずに走った。美形に迫られるという人生の中でもっとも縁のない出来事に見舞われ、頭が真っ白になっていた。

厨房に戻ると、冷泉がじゃがいもの皮剝きをしていた。佑真は先ほどの興奮を引きずったまま、冷泉の隣に駆け込んだ。

「イケメンこえぇ！　奥さんいるのに、俺を口説いてきた！」

空になった竹籠や魔法瓶をシンクに荒々しく置き、佑真は叫んだ。

「えっ、な、何ですか？」

冷泉には何のことやら分からなかったようで、佑真は水を一杯飲んで、昼食での出来事を語った。冷泉は最初驚いた態度だったが、しだいに生ぬるい目つきになり佑真の肩に手を置いた。

「佑真さん、まんざらでもないんですね」

からかうような口調で言われ、佑真はぎょっとして自分の頬を押さえた。顔が熱い。

「そ、そんなことはない。イケメンの自己肯定感のすごさにおののいただけだ。ふつう会ったばかりの料理人を口説くか？　俺がモブ顔だから舐《な》めてんのかな？」

「そう言うわりに、にやけてますよ」

冷静に指摘され、佑真は弛んだ顔を手で覆った。確かに驚愕しつつも、イケメンに迫られて胸がときめいている。自分は推しとは直接関わりを持ちたくないタイプだと思っていたのに、何故か蓮に熱く見つめられてドキドキしてしまった。

「気分は乙女ゲームをしている感じなんだよ。特別スチルが出たっていうか」

「ちょっと何を言っているかよく分かりませんが、テンパってるのは分かります」

「あの人怖いよ！　どうしよう！」

運命の番とか、光って見えたとか、とても自分に向けられた言葉とは思えない。あの場は何とか切り抜けたが、この先どうやって接すればいいか皆目見当もつかない。

「冷泉、夕食は全部お前が運んでくれ」

佑真は少し冷静になって、冷泉の腕を掴んだ。

「えーっ、俺が行くとがっかりした顔するんですよ、あの人間」

冷泉は嫌がるそぶりだが、あんな会話の後でふつうに接客できるほど達観していない。そもそも平凡を絵に描いたような自分は、他人からの好意も数えるほどしか経験していない。イケメンに迫られて冷静でいられるほどの経験値がないのだ。

「これは命令だ！　頼むからお前が前面に出ろ！」

有無を言わさぬ口調で言い切り、佑真はふーっと大きく息を吐いた。最初からこうしておけばよかった。うっかり昼食の誘いになんか乗るからおかしくなる。

「はぁ。饅頭を売りに行くつもりだったが、気が萎えたな。箱に包んで、警備隊への差し入れにしよう」

販売する予定の饅頭を箱に詰め、佑真は風呂敷に包んで花神宮を出た。花神宮から一番近い東門を出て斜面を下ると、警備隊の屯所がある。花神宮とは目と鼻の先に、大勢の牛頭が集まっている。牛頭の妖怪の多くは警備隊に所属しているのだが、いくつかの隊に分かれている。烈火隊や虎狼隊《ころうたい》、睡蓮隊《すいれんたい》、雷帝隊《らいていたい》などだ。

屯所の外観は長方形の砂壁の建物で、出入り口はアーチ型にくり抜かれただけで、扉もない。丸窓が要所要所にあるだけの簡素な建物だ。

「おおー、佑真じゃないか」

大きな風呂敷包みを持って、出入り口から声をかけると、中から黒い制服姿の牛頭の妖怪が出てきた。虎狼隊の隊長を任されている弦弓《げんきゅう》だ。最初は全部同じに見えた牛頭だが、警備兵として接するうちに見分けがつくようになった。中でも虎狼隊は閻魔大王の屋敷を守る集まりで、隊長の弦弓が筋の通った性格をしているため、自然と仲良くなった。

「あ、弦弓さん。こんにちは。これ差し入れです。皆さんでどうぞ」

佑真が風呂敷包みを差し出すと、奥からわっと他の牛頭が出てきた。彼らは風呂敷包みの中に興味津々で、饅頭だと言うと快哉《かいさい》を上げた。

「これは争いになるなぁ。佑真の作った饅頭なら、皆欲しがる。ようし、午後は饅頭争奪戦で一勝負するか！」

弦弓が屯所から出てきた仲間に声をかけると、いっせいに彼らが咆吼《ほうこう》して拳を突き上げる。全員分は作れなかったので、饅頭をゲットするためにバトルするようだ。鍛錬になっていいと弦弓は笑う。

「そういえば、佑真。変な噂を聞いたんだが」

訓練場へ向かう牛頭を見やりながら、弦弓が佑真に小さい声で話しかける。

「はい？」

花神宮に戻ろうとした佑真は、弦弓を振り返った。

「人間が来ただろう。閻羅王の客人として」

「あ、ご存じなんですね」

警備隊としては当たり前かもしれないが、まだ蓮に関する話を聞くと動揺してしまう。

「その男はお前をうつしよへ迎えに来たという噂があるんだが……」

窺うように聞かれ、佑真は「はぁ⁉」と素《す》っ頓狂《とんきょう》な声を上げた。真っ赤になって、両手をワイパーのごとく振る。

「そそそんなわけないでしょ！　何で俺を迎えに！　ありえませんって！」

運命の番と口説かれたばかりだったので、顔が赤くなるのを止められない。佑真は弦弓がたじろぐほどに強く否定した。

「そうか？　それならいいが……。お前がいなくなったら寂しいからなぁ。人間なのにこれほど俺たちが喜ぶ食べ物を作れる奴だから、去ったら困ると皆で言っていたのさ」

安堵したように弦弓に背中を叩かれ、佑真は胸がじわりと熱くなって鼻を擦った。まさか警備隊の隊長にそんな言葉をもらえるとは思っていなかった。出会った頃は冷たい態度だったのに。かくりよの世界では人間は悪目立ちするし、仕事を始めた当初はどうやって閻魔大王に取り入ったのかと陰口が多くて、誰もが佑真を遠巻きにしていた。

異種族であることを気にせず話しかけ、作ったものを配ったり、暇な時は手伝いなどをしたりして、佑真はこの世界に自分の居場所を作ってきた。今では知り合いもたくさんできたし、仕事も楽しい。こんな自分が今さらうつしよの世界へ行くなどありえない。

「ははは、また差し入れ持ってきますよ。いつもご苦労様です」

佑真は敬礼して、屯所を去った。

それにしてもそんな噂が流れていたなんて知らなかった。噂の出所がどこだか知らないが、あながち間違いでもないことが佑真の心に引っかかった。佑真を口説いてきた蓮の目は真剣で、まかり間違って佑真がその想いに応えれば、うつしよの世界へ行く可能性だってある。

(おおお、恐ろしい！　俺は仕事に生きる人間だから、せっかく手に入れたこの地位をなくしたくないぞっと)

そのためには一刻も早く蓮に元の世界へ戻ってもらいたい。

(そうだ、今夜夕食を持っていく時に閻魔大王に頼もう。閻魔大王が人見さんに会って、消えた奥さんの情報を教えれば、自分の世界へ帰るだろう)

あの美しい顔を拝めなくなるのは寂しいが、自分の心を掻き乱すイケメンは近くにいてほしくない。運命の番とか訳の分からない発言をしていた蓮だが、奥さんが戻ってくれば真実の愛に気づくはずだ。何しろあんなに顔が綺麗なのだ。絶対に妻にした人も綺麗に違いない。妖怪ばかりの世界でモブ顔の自分がよく見えてしまったとしても、自分の妻が戻れば審美眼を取り戻すだろう。

少しだけちくりと胸は痛んだが、佑真はそう決意して仕事場に帰った。

◆5　閻魔大王の思惑は

　閻魔大王に催促して早く蓮をうつしよの世界に返そうと思った佑真だが、何故か何度夕食を持っていっても、閻魔大王に会えなかった。龍我曰く、とんでもなく忙しい案件があるそうで、料理は受け取ってもらえたが、空の食器を運んできたのは侍従だった。

　蓮への配膳はもっぱら冷泉に頼んだ。二日ほど、食事を運ぶ係は全部冷泉だったので、蓮がひどく気にしていたと言伝された。

「佑真さんに避けられてるって思ってるみたいですよ」

　昼食の皿を片づけに行った冷泉が、同情めいた口ぶりで言う。

「いや、ふつうに避けるだろ。あんなこと言われて」

　大量の玉葱を切り刻んでいた佑真は、作った料理を蓮が全部食べたのを確認して安心した。何を出しても全部食すが、本当に好き嫌いはないのか。ちょっと癖の強い料理を出して、試してみたい気もする。

「そのうち厨房に押しかける雰囲気でしたけど」

シンクに汚れた皿を重ね、冷泉がぼそっと呟く。仕事場にまで押しかけたらどうしようと佑真は青ざめた。モテたことがないから、ぐいぐい迫られたらどうしていいか困る。

「今夜はカレーですか？」

佑真が大量の玉葱と格闘しているのを見て、冷泉が口元を拭う。冷泉は意外と辛いモノが好きなのだ。

「いや、これは明日の夕食だ。一晩寝かせなきゃならないから」

カレー作りにはこだわりがあって、絶対に一晩は寝かせる。豚や牛の骨付き肉を使って出汁《だし》を取り、隠し味に何種類かの果物を混ぜている。そして必ず二種類のカレーを用意する。今回はキーマカレーとバターチキンカレーだ。ご飯よりナンの受けがいいので、ナンを焼く準備もしてある。カレーのためにうつしよから、たくさんの香辛料を取り寄せているのだ。

「ナツメグがそろそろ終わりそうですね。また業者さんを呼びますか？」

洗い物を終えた冷泉が、棚の在庫を確認して振り返る。

「そうだな。他にも足りないものがあったらチェックしてくれ」

佑真は切り終えた玉葱をフライパンにごっそりと入れる。これからじっくりゆっくりと玉葱を炒める。最低一時間は炒めたい。週の初めには野菜や肉、魚を運んでくれる業者がいるのだが、他にもうつしよから品物を買ってきてくれる業者もいる。魔法瓶などはうつしよの世界のものを買ってきてもらった。業者は尻尾が三つに分かれている狐《きつね》で、人のふりをして品物を買い込んでいるらしい。

「今夜こそ、閻魔大王に会わないと……」

玉葱を炒めつつ、佑真は強い決意を持って呟いた。蓮が来て三日が過ぎているのだ。蓮が帰らないところを見ると、閻魔大王との会見は実現していないだろう。閻魔大王に催促する必要がある。

「今夜は絶対手渡しでなきゃ駄目だと言わなきゃな」

不敵な笑みを浮かべ、佑真は飴色になっていく玉葱を掻き混ぜた。

その夜は点心《てんしん》をいくつも用意した。海老《えび》蒸し餃子《ギョウザ》に帆立《ホタテ》餃子、小籠包《ショウロンポウ》、焼売《シュウマイ》に春巻き、五目ちまきに炒飯《チャーハン》、焼きそばと盛りだくさんだ。小ぶりの蒸籠を大量に仕入れたので、蒸し器で一気に作り上げた。閻魔大王は甜点心《テンテンシン》が大好きなので、胡麻団子《ごまだんご》と桃饅頭も忘れてはならない。桃饅頭は食紅でほんのり色をつける時がハイライトだと思う。

これでもかと閻魔大王の好物ばかりを作ったので、ワゴンに載せて運ぶ時は早足になった。蓮の分は冷泉に任せたので、自分は閻魔大王の私室へ急いだ。

「おや、佑真君。ご苦労様です」

閻魔大王の私室の前にいた龍我が、ワゴンを受け取ろうとする。

「今日は俺が運びますんで！　でなきゃ持って帰ります！」

佑真がワゴンの前に立ちはだかって言うと、龍我が苦笑した。

「分かりました。そろそろ強引に会う頃だろうと思っていました。閻羅王は中におりますので」

龍我があっさりと中に入れてくれて、佑真は拍子抜けしてワゴンを押した。閻魔大王が食事する部屋の円卓にはすでに閻魔大王が鎮座している。

「おお、今宵は点心か。いい匂いがするなぁ」

鼻をひくつかせて閻魔大王が笑う。佑真は持ってきた食事を円卓に載せていった。円卓いっぱいに湯気を立てた料理が並び、閻魔大王が嬉々として蒸籠の蓋を開ける。

「佑真も一緒にどうだ？」

待ちきれない様子で閻魔大王が箸を取り、海老蒸し餃子を頬張る。

「あ、はぁ……。じゃあお言葉に甘えて」

前掛けを外して、佑真も閻魔大王の向かいの席に腰を下ろした。龍我が小皿を出して、取り分けてくれる。料理はどれも温かく、味は問題なかった。

「して、どうだ？　佑真。人見蓮は」

美味しそうに食べながら閻魔大王に聞かれ、佑真は食べていた焼きそばに咽《むせ》そうになった。

「そ、そうですよ！　閻魔大王！　あの人、おかしいですからぁ！」

蓮について話したかったのだと思い出し、佑真は声を荒らげた。閻魔大王は何故かにやりとする。

「かの者が来てから三日が過ぎたが……。意外と手の遅い者であったな。未だ同衾《どうきん》も叶わずか」

龍我の取り分けた炒飯を頬張り、閻魔大王がほくそ笑む。

「ど、同衾⁉　いやいや、閻魔大王、落ち着いて下さい！　何言っちゃってるんですかっ。あんなイケメンと同衾とかないでしょっ」

佑真は目を白黒させて声を裏返した。気のせいか、閻魔大王の中では蓮と自分が結ばれることになっているようだ。

「そうか？　池の前で熱い告白をしていたという情報は得ておるぞ。その後、其方が蓮を避けておるのも聞いている。じれったい二人だなぁ」

閻魔大王に爆弾発言をされ、佑真は椅子から転げ落ちそうになった。あの場の近くには誰もいなかったはずだが、閻魔大王にはお見通しなのか。

「そ、それは、あのですね。人見さんは奥さんがいるんですよ？　俺なんかと間違いがあったらまずいでしょ。そもそも閻魔大王に奥さんの情報をもらいに来たんじゃないですか。どうして閻魔大王は彼と会ってあげないんですか？　まだ会ってませんよね？」

閻魔大王が花神宮に来たら、すぐに慌ただしい雰囲気になるので厨房にいても分かるはずだ。

佑真が疑惑の眼差しを向けると、閻魔大王が龍我と顔を合わせて笑った。

「不義密通の心配でもしておるのか？　安心するがいい。かの者の配偶者は……うーむ、どう言えばいいかな。存在するようで存在しない……あー、其方が不倫と指さされることは間違ってもないから」

きっぱりと言い切られたものの、そんな曖昧な言い方で納得できるわけがない。佑真はますます疑いを強めた。

「それはどういう意味ですか？　もう亡くなっていると？」

存在しないなんて、死んだとしか思えない。だとしたら蓮にとっては悲劇だ。失踪したと思っていた妻が死んでいたなんて、どれだけショックを受けるだろう。

「いや、そうではないが……難しいなぁ。龍我、よい言い方はあるか？」

珍しく閻魔大王が悩ましげに龍我に話を振る。龍我はお茶を淹《い》れながら、うーんと首をひねった。

「佑真君。あの人間の伴侶は、実は狐が化けていた架空の人物なんです。最初はからかうだけのつもりだったようですが、うっかり子どもを作ってしまい、面倒見きれないからとんずらしました」

すらすらと龍我に語られたが、明らかに嘘《うそ》と分かる。

「絶対嘘ですよね」

佑真が唇を歪めて言うと、龍我は額に手を当てる。

「困りましたね。そこは信じてもらわないと」

龍我は心外と言わんばかりに、悲しそうな声だ。若干うさんくさいが、もしそれが真実だとすると、蓮は化け狐と結婚したのか。正体を知らなかったのなら、ありえない話ではない。

「哀れな男やもめだよ。優しくしてあげなさい」

したり顔で閻魔大王に言われ、どこか腑《ふ》に落ちない気分になった。とはいえ、不倫を気にしなくていいというのは真実らしい。閻魔大王がこれだけ言うのだから、倫理観については問題ないのだろう。人の道に外れた行為に嫌悪感を持ってしまう佑真にとって、それは安堵すべき情報だった。

（でもなぁ。あんなイケメンと俺が……なんて、あるわけないよ。やっぱ、妖怪の里に来ておかしくなってるだけじゃないか？）

閻魔大王と食事を共にしながら、心は千々に乱れていた。


翌日は小雨の降る肌寒い一日だった。蓮の朝食を冷泉に運んでもらったが、戻ってきた食器には食べ物が残っていた。いつも綺麗に平らげてくれるので、食事を残されて不安になる。和定食の朝食は気に入らなかっただろうか。ひょっとして具合が悪い？　ご飯が半分ほど残っていて、蓮の体調面が気になって仕方なかった。

衛兵に蓮の様子でも伺いに行こうと、佑真は昼食の準備の前に厨房を出た。

長い廊下を歩いていると、窓越しに庭を歩いている蓮が見えた。とぼとぼと力のない足取りで梅園を歩いている。傘も持たずに外にいるので、風邪をひかないか心配だ。

かなり距離はあったが、佑真は窓に近づいて目を凝らした。遠くから見た感じでは、病気や怪我はないようだ。かくりよに来て三日が過ぎたので、身体のだるさがあるかもしれない。今夜はカレーにしようと思っていたが、刺激物を食すのはよくないかもと思った。

佑真は廊下で長いこと、悩んだ。蓮に声をかけるべきか、かけないほうがいいのか、判断がつかなかったのだ。

（いきなり口説かれて避けちゃったけど、考えてみれば妖怪が苦手なのに妖怪の世界に一人でいて、精神的にもつらかったのかもなぁ）

蓮の立場になってみると、同情すべき点はある。冷泉も佑真が避けているのを気にしていたと言っていたし、ここはひとつ大人になってぎくしゃくした関係を解消すべきだろう。

重い腰を持ち上げ、佑真は廊下の途中にある、庭へ出る扉を潜った。

「人見さん！　風邪ひきますよ！」

梅の花が咲く木の前で、霧雨を浴びる蓮に遠くから声をかける。ハッとしたように蓮が振り返り、佑真の姿を見つけて顔をほころばせる。

「佑真さん」

駆け寄ってきた佑真に、蓮が頬を上気させて笑う。雨に濡れるイケメンは、なかなか絵になった。一瞬見惚れそうになったが、漫画やアニメと違い、現実で雨に打たれたら風邪をひく。佑真は蓮の腕を摑み、建物の中へ誘導した。蓮も逆らわずに佑真に引っ張られて、中へ戻ってくる。

「いつから外にいたんですか？　風邪ひくじゃないですか。部屋に戻って、濡れた衣服を着替えて下さい」

廊下に戻り、蓮の頭からつま先まで確認して、佑真は真剣に訴えた。霧雨だが、けっこう濡れている。どのくらい外にいたか知らないが、しっとり濡れるくらい庭をうろついていたようだ。

「すみません。ちょっと頭を冷やしたくて」

熱っぽい眼差しで見つめられ、佑真は居心地が悪くて彼の背中を押した。

「早く部屋へ。いっそ大浴場で温まってきたらどうですか？」

その場に立ち止まる蓮を強引に促すと、蓮が濡れた髪を掻き上げる。雫がぽたぽたと頬を伝い、思わずその美しさを脳裏に焼きつけた。

「佑真さん、この前はすみません」

大浴場へ連れていこうとする佑真の腕を摑み、急に蓮が苦しそうな声になった。

「は、あ、いえ……」

「いきなり変なこと言いだして困りましたよね。あれからずっと俺を避けてたので、嫌な気分にさせてしまったと思って……。本当にごめんなさい」

真摯《しんし》に謝られ、佑真はドキドキして身をすくめた。

「いやいやいや、まぁまぁまぁ」

どう言い返せばいいか分からず、意味のない言葉を繰り出す。

「でも気持ちは本当なんです。あれからずっと考えていました。会ったばかりなのに頭がおかしくなるくらい、あなたでいっぱいです。あなたのことをもっと知りたい。あなたを想うと胸が苦しくて、涙が出てくるんです。あなたが好きです。愛しています」

佑真の両腕を摑み、蓮が狂おしげに愛の言葉を怒濤の勢いでぶつけてくる。

「ひぃぃぃぃ！」

佑真は美形の放つ威力に震え、あわあわと口を開けた。蓮は怖いくらい真剣で、本気で佑真を好きになったようだ。こんな廊下の真ん中で愛の言葉を紡がれ、かなり正気を疑った。誰かの術にでもかけられているのではないかと疑うレベルだ。

「いや、人見さん、落ち着いて！　俺の顔は初めて会った人が、次に会った時に思い出せない確率九十パーセントの男ですよ？　いくら妖怪しかいないからといって、手を出すに値しない男です。うつしよの世界に戻れば、いくらでもあなたに似合いの女性がいるでしょ！」

間近で美麗な顔に見つめられ、佑真は動揺して言い返した。

「これまでこんなに恋焦がれた相手は初めてです。佑真さんは卑下《ひげ》するけど、あなたは充分可愛いです。俺のこと、嫌いですか？」

顔を寄せて蓮が囁く。

「いや、こんなイケメンを嫌いになれと言われても困るぅ」

整った顔に見惚れ、佑真は本音を漏らした。蓮の表情が弛み、急に抱き寄せられた。濡れた衣服越しの身体は熱くて、佑真はかちんこちんに固まった。蓮は佑真の肩に顔を埋め、耳朶の匂いを嗅《か》ぐようにする。

「あなたの匂いで劣情しそうです。お願いだから俺のことを好きになって。あなたの番相手は誰ですか？　このまま奪い去りたい」

ドラマでも聞けないような台詞を次々と囁かれ、佑真はノックアウト寸前だった。どうして自分のような平凡な男に引っかかってしまったのか分からないが、蓮は本気で自分を好きになったのか。たまにゲテモノが好きな人もいる。ゲテモノというほど自分の顔はひどくないが、人の趣味はさまざまなので、蓮も悪食《あくじき》だったのだろう。だが、そうはいっても、イケメンと自分が恋するなんて考えたこともない。

「人見さん、俺はイケメンを愛でていたいだけで……」

何とか蓮に自分の思考を理解してもらおうと、佑真は胸を押し返した。すると、蓮がじっと佑真を見つめてきて、その顔がだんだん近づいてきた。こんな間近で見ても美しい顔だと思っているうちに、気づいたら唇に柔らかい感触がした。

「……っ⁉」

蓮に唇を重ねられ、佑真はびっくりしてまた固まった。蓮は佑真の頬に手を当て、切ない吐息をこぼして唇を吸ってくる。

鼓動が速まり、手足が震えた。蓮は佑真の抵抗がないと知ると、貪《むさぼ》るようにキスをしてきた。うなじを押さえつけられ、かぶりつくように唇を食《は》まれる。ふわっと鼻腔に今まで嗅いだことのないような芳しい匂いがした。情欲を掻き立てるというか、身体の芯を熱くさせる匂いだ。それが鼻腔や肌にまといつくと、理性を失うほど心地よかった。蓮に唇を吸われて、うっとりして口を開けてしまう。

「ん……っ、う」

すかさず口の中に熱い舌が入ってきて、自分の舌と絡まり合った。敏感な舌先が触れ合い、ぞくぞくするほど気持ちよくて蓮の濡れた衣服にすがりつく。互いの吐息が熱く、唇が離れてしまうと物足りなくて、音を立ててキスをした。

「はぁ……、はぁ……」

ここがどこだかも忘れて、ひたすら蓮の唇を求めた。唾液がこぼれ、頭がぼうっとしてきて、頬が上気する。

——ふいに、鎧が擦れ合う音と、乱雑な足音がして、佑真は我に返った。

「ひえええっ」

上気した様子の蓮と目が合い、悲鳴を上げて突き飛ばす。一体自分は何をしていたのか⁉　こんな廊下の真ん中でディープキスをするなんて！

「ししし失礼しますっ」

とてもまともに目を合わせ続けることなどできなくて、佑真は脱兎《だつと》の勢いでその場を走り出した。蓮の「待って！」という声がしたが、後ろを振り向くことはせず、ひたすら全速力で厨房へ逃げる。途中で数名の衛兵とすれ違い声をかけられたが、それすらも無視して佑真は逃げ去った。

真っ赤になったまま、厨房の扉を荒々しく開けて中に飛び込む。

「イケメンこええぇ！」

カトラリーの食器を磨いている冷泉の横を通り過ぎ、奥にある小部屋に入る。そこはドアに鍵がかかる部屋で、休憩所になっている。

「どうしたんですか？　佑真さん」

明らかに状態のおかしい佑真が戻ってきたので、冷泉が心配してドア越しに窺ってくる。佑真は鍵を閉め、激しく打ち鳴らす胸の鼓動を必死に収めようとしていた。

「人見さんが来ても、絶対入れるなよ！」

ドア越しに怒鳴って、長椅子に毛布をかぶって小さくなる。

（信じられない！　あんなイケメンとチューーチューーしたっ）

頭の中は先ほどのキスで占領されている。まさかあんな国宝級のイケメンとキスする日が来るとは。

（おおおお俺に何が起きているんだ！）

混乱の渦に巻き込まれ、佑真はひたすら震えていた。

佑真を追ってきた蓮は、冷泉に止められて部屋に帰っていったらしい。佑真は気持ちが落ち着くまで休憩所にこもっていた。昼食は冷泉に任せて、適当なものを出してもらう。

三時間ほど悶々と長椅子に横たわり、ようやく冷静さが戻ってきた。

蓮が言っていた、運命の番という意味が佑真にも分かりかけてきた。あんな美形とキスをするなんてありえないことなのだが、確かにキスされた時、蓮からぶわっといい匂いがして理性がふっ飛んだ。

（本当に運命の番なのかもな。そうでなけりゃ、俺があんなふうになるのおかしいもん。でもおかしいなぁ、俺フェロモン出ないはずなのに）

番の相手がいた自分は、その相手以外にはフェロモンを発しないはずだ。

（あれ、そもそも俺の相手って……）

自分の番相手について思い出そうとすると、頭に靄《もや》がかかったようになる。人間の世界に行った時、無理矢理嚙まれて番になったのは覚えている。同意なしに嚙むような相手だし、きっとろくな人間ではなかったのだろう。嫌気が差して、かくりよに戻ったに違いない。

実際に蓮が運命の相手だとして、自分はこの先どうするのだろう。

（いやいやあんな美形と恋するとか無理だし！）

平凡を絵に描いたような自分が、主役クラスの美形と恋人になるなんて、想像できない。かくりよの世界ならまだしも、うつしよの世界では不似合いすぎる。そもそも蓮は、閻魔大王に妻の情報を聞いたら帰る予定なのだ。たかが一週間程度しかいない人間と恋仲になるなんて、ありえない。遊ばれるのが関の山だ。蓮のことはよく知らないが、自分のような凡夫よりよほど恋愛関係には慣れているだろう。もしかして、軽いノリで恋愛ができる人間なのかもしれない。

（やっぱり、ここは人見さんが帰るまで会わないに一票だな）

うっかり蓮の情熱に引き込まれたら、自分が苦しむのは目に見えている。まことしやかに流れている噂のように、自分がうつしよの世界へ行くことは考えられない。現状に満足しているし、蓮との幸せな未来など夢物語にしか思えない。そう、モブが主役に見初《みそ》められることなど、二次元の世界だけだ。

「あー、危なかった。うっかり道を間違えるところだった」

自分の進む方向を決めると、佑真は胸を撫で下ろして呟いた。蓮とのキスを思い出すと胸がざわつくが、蓮が帰ってしまえば、すぐに忘れるだろう。

（忘れる……よな）

蓮について考えると、心が乱れて不安になるが、佑真は自分に言い聞かせるようにした。

夕食のカレーも冷泉に運ぶよう頼み、佑真は花神宮を出て、閻魔大王の屋敷の離れにある自分の部屋へ戻った。花神宮にいると、うっかり蓮と鉢合わせする可能性があったからだ。

（自分に関する妄想はしない）

強く心に繰り返し、佑真はなるべく花神宮への出入りを減らした。

さらに数日が過ぎ、蓮がかくりよに来てから一週間が経った。

昼食をうどんですませた日、佑真は閻魔大王の執務室へ呼び出された。

「其方、まだ蓮と契っておらぬのか」

開口一番とんでもない発言をされ、佑真は執務室の絨毯を踏み鳴らした。閻魔大王の呆れた様子を見ると、どうやら蓮と自分をくっつけたいのだというのは鈍い佑真にも察せられた。人間である自分がこの先一人で生きていくのではないかと心配しているのだろうか？

「閻魔大王！　何度も言いますが、俺はあんなイケメンと深い仲になる気はなく……っ。大体、何でそんなの分かるんですか？　監視カメラでも置いてるんですか？」

佑真は憤怒《ふんぬ》して机へ詰め寄った。閻魔大王の座る大きな机には、認可を待つ書類が山積みされている。龍我が隣で書類の仕分けをしていて、興味深げに佑真と閻魔大王を見比べる。

「そんなものはなくとも、千里眼の余には何でもお見通しだ。う～ん、おかしいなぁ。顔を合わせればすぐに夫婦になると思っていたのだがなぁ。其方、あの男の何が不満か？　少々常識が凝り固まったところがあるのが嫌か？　妖怪が苦手なところが気になるか？」

両手を顎の下で組んだ閻魔大王に聞かれ、佑真は一歩後ろに引き下がった。

「いや不満なんて……っていうか、会ったばかりで人となりもよく知りませんし。礼儀正しくて好き嫌いがないというのは知っています」

勘違いされては困るので、佑真は律儀に答えた。閻魔大王が椅子を鳴らして、立ち上がる。

「これ以上蓮をかくりよにとどめるのは多方面に支障が起こる。其方が蓮を避けるのであれば、本当に蓮をうつしよに戻してしまうぞ？」

脅すように言われ、佑真は不遜《ふそん》ながらも閻魔大王を睨《にら》んだ。

「何で俺と人見さんをくっつけたがるんですか？　俺がオメガだからですか？　会ったばかりで恋仲になるわけないじゃないですか。よく知らない人だし……大体、閻魔大王は俺のことをぜんぜん分かってません！」

言い募るうちに感情が高ぶって、佑真は声を荒らげた。

「俺はきゅんきゅんはしたいけど、ドキドキハラハラはしたくないんですよ!!」

執務室に響き渡るような大声で叫ぶと、閻魔大王と龍我の目が点になった。二人とも、ぽかんとした表情で佑真を見ている。

「俺は美形が好きです！　推しのいる生活は素晴らしい！　だけどそれは安全な場所で推しを応援するからいいんです！　平穏な生活の中にもたらされるオアシスなんですよ！　それが自分と推しの恋愛になったらどうなると思います⁉　ただ応援してればよかったものが、推しが自分と同じ世界にいることになるんですよ⁉　相手に嫌われまいと行動することになったり、誰かに奪われたりしないかと不安になったり、果ては嫉妬《しっと》したり、もう最悪でしょ！　絶対穏やかじゃいられない！　俺はそういうつらいのは嫌なんです！」

大声でまくしたてると、閻魔大王が無言で龍我と目を見交わし合った。佑真は息継ぎもせずに叫んだせいで、息を荒らげていた。執務室に沈黙が訪れ、佑真は激昂《げっこう》した自分に恥ずかしさを覚えた。ここまで言うことはなかった。

「……其方、面倒くさい性格をしているなぁ」

ぼそりと閻魔大王に呟かれ、佑真は顔を赤くした。

「そうです。俺は面倒くさい性格をしているんです！　そんなの俺が一番知ってます！」

やけくそで怒鳴ると、龍我が憐れむような眼差しで近づき、肩を叩いてきた。

「佑真君。でもそれじゃ一生寂しい生活を送ることになりませんか？　推し……という思考がいまいち分かりませんが、崇拝する相手は雲の上でいいってことですよね？　あなたに寄り添い、一生を共にする人が欲しくないんですか？」

懇々《こんこん》と問われ、佑真はそっぽを向いた。

「別にそういうものを求めてないわけじゃないです。いずれ俺も結婚はしたいと思いますが、自分の身の丈に合った相手を選びたいです。あんなイケメンでアルファな人じゃありません」

佑真は硬い声音で返す。

「うーん、其方は己を卑下する面があるなぁ。余から見れば、其方は人間の中でも特別に面白くて、才能に恵まれた存在なんだがなぁ。やたら蓮を持ち上げるが、余から見れば蓮よりよほど其方のほうの評価が高いのだが。蓮は顔がいいだけの男ではないか？」

佑真がのけ反るようなことを閻魔大王が言い、一瞬言葉を失った。まさか閻魔大王から自分がそこまで評価されていたとは知らなかった。嬉しさ半分、驚き半分だ。

「えっ、アルファであんな魂を奪われるようなイケメンですよ？　顔がいいだけって……顔がいいって素晴らしいことじゃないですか。努力じゃどうにもならない利点ですよ？　料理の腕とかそういうのは努力次第でどうにでもなるでしょ」

閻魔大王の中で蓮の評価が低かったのは、佑真にとって驚愕の事実だった。誰の目にも蓮は美しく至高の存在だと思っていた。閻魔大王は蓮に負けず劣らずの美しい尊顔を持っているので、佑真とは価値観が違うのかもしれない。

「其方の料理の腕は、努力で到達できるものではないんだがなぁ……。ふむ、自覚なしか。其方の中で美醜というものが大きな価値を持つのは了承した。だが、顔がいいだけの者などごまんとおるではないか？」

鋭く聞かれ、佑真は首を横に振った。

「そりゃもちろん美形はいるところには、たくさんいます。俺は美形が好きですが、何でもいいわけじゃないです。顔にはその人の本質が現れるんです。俺が好きなのは……綺麗な顔の中に品がある人です。俺様系の美形にはときめきませんから。黙っていても醸し出される気品みたいなものも込みで、推したいと思うんです。だから俺は閻魔大王のために心のこもった料理が作れるんです。人見さんは……あの人も品がいいので、俺のほうにベクトルが向かなければ、絶対推したい対象です」

つらつらと佑真が語ると、閻魔大王と龍我が目配せをし合う。その視線がいかにも『こいつ、どうする？』と言っているようでムッとした。

「其方は口から生まれたみたいに、推しとやらについてはよくしゃべるなぁ……」

閻魔大王が熟考するように目を伏せる。アイマスクの下のまつげが長いことを佑真は知っている。ぽん、と閻魔大王が手を打った。

「――では、こうしよう。蓮の顔に大きな傷をつけよう。あるいは顔の半面を火傷させようか？蓮の美貌が失われたら、釣り合うということだろう？」

さらりと恐ろしい発言をされ、佑真は絶句して、その場に倒れそうになった。耳にした言葉が信じられない。目の前の存在が急に恐ろしいものに変わり、鼓動が跳ね上がった。

「そんなことしちゃダメです！　ななな、何を言ってるんですかっ⁉　間違ってもそんなひどい所業はしないで下さい！　冗談ですよね⁉　本当にしないですよね⁉」

真っ青になって佑真が机に駆け寄ると、閻魔大王がおかしそうに笑いだした。

「さて？　だが、其方の言っていることはそういうことだろう？　それとも――蓮の美貌が失われたら、其方は蓮に興味を失うのか？」

今まで想像もしていなかった問いをされ、佑真は完全に思考停止した。

これまで推しとして愛でてきた存在はいくつもある。それらに対する興味が失われたのは、佑真にとって看過し難い行為をした時だけだ。自分は美醜だけを見てきたのだろうか？　もし蓮が今のように美形でなかったら、興味も湧かなかったのだろうか？

「俺は……」

佑真はうつむいて声を絞り出した。

頭の中に靄がかかった部分があって、それが今にも飛び出してきそうだった。何故か作務衣姿の蓮がフラッシュバックして、目眩《めまい》がする。こんな格好の蓮は知らないはずだ。愛しげに自分を見つめ『佑真』と囁く。

「俺は……、分かりません。すみません、くらくらする。部屋に戻ります」

佑真はこれ以上閻魔大王と話す気になれなくて、よろめくように執務室を出た。龍我の引き留める声がしたが、それに答える余裕はなかった。先ほどから脳裏に蓮の姿が浮かび上がる。妄想にしてはやけにリアルで、息苦しささえある。頭の中にしまい込んだ何かが、思い出せと訴えている。

佑真は逃げるように廊下を早足で進んだ。

ふっと甘い香りがして、佑真は顔を上げた。いつの間にかすぐ近くに蓮が立っていた。蓮は衛兵に連れられ、こちらに向かっている。おそらく閻魔大王に謁見するためだろう。蓮の顔を見たとたん逃げ出したくなったが、そうするには距離が近すぎた。一瞬息を呑んでいる間に、蓮が駆け寄って佑真の手を掴む。

「佑真さん。待って」

目を合わせない佑真に気づき、蓮が強い口調で腕を摑む。蓮と目を合わせたら、自分の中から恐ろしいものが出てきそうで、佑真はひたすら床を見ていた。鼓動が速まり、触れられた腕が異様に熱い。

「佑真さん……、俺はこの後閻魔大王に会います。多分……今日か明日には妖怪の里を離れます」

焦れたような声で蓮が言う。衛兵は何事かというそぶりでこちらを見ているが、黙って佑真たちの会話を待ってくれていた。

「佑真さん、俺と一緒に人間の世界へ行ってくれませんか？」

ぐっと握った手に力を込め、蓮が告げる。佑真はびっくりして、思わず顔を上げた。蓮の絡みつくような視線とぶつかり、頰が上気する。体温が上昇して、呼吸が困難だ。蓮の美しい顔が乞うように自分を見ている。

「あなたと離れたくない。俺と一緒に来て下さい」

熱い告白を受け、佑真はぶるっと身を震わせた。傍にいた衛兵が固唾《かたず》を吞《の》んで見守っている。

蓮と一緒にうつしよへ行く――。そんな状況を想像したとたん、大きな不安が押し寄せてきた。幸せな未来を想像するのは無理だった。どうしてか、自分は蓮と一緒にうつしよへ行くことを恐れていた。

「無理です」

佑真は強張った声で拒絶した。びくっと蓮の身体が震え、苦しそうに吐息をこぼす。こんな美形でアルファの男を、自分みたいなつまらない男が傷つけた。そう思うと申し訳なくて、けれど蓮の喜ぶ言葉は吐けなくて、佑真は苦しくて泣きそうになった。

「俺は行けません。お元気で。さようなら」

佑真は感情を押し殺して、口早にそう告げた。蓮の腕を振りほどいて、激しく鼓動を打ち鳴らしながら離れた。もつれる足で、懸命に廊下を走った。

背中に蓮の熱い視線を感じた。

振り向かずに、ただ走り去るだけが、佑真がその場でできることだった。

◆6　推しのいない生活

その日の夜、人見蓮がうつしよへ戻ったということを翌朝佑真は龍我から聞かされた。

そうですか、と何でもないそぶりで答えたものの、佑真の胸は掻き乱されていた。

花神宮の厨房から食材や調理道具を閻魔大王の屋敷の厨房へ移し、日常の仕事へと戻る。閻魔大王の好む間食や食事を作り、余った時間で作った嗜好品《しこうひん》を妖怪たちに売る。

満たされた、平穏な生活がそこにはある――はずだった。

どうしてだろう。以前と同じ生活に戻ったはずなのに、心にぽっかり穴が開いたようだった。去ってしまった蓮の面影がちらつき、抱きしめられた時の腕の熱さや、唇の柔らかさ、芳しい匂い、それらがたびたび佑真を動揺させた。たかが一週間しかいなかった人間のことを延々と考えるなんて、もしかしたら自分は人恋しいのだろうかと悩んだ。

「佑真さん、元気がないですね」

冷泉にも佑真の空虚な様子が伝わるらしく、時々そう心配された。

何故蓮はあんなことを言ったのだろうと、何度も自問した。運命の番というのはそれほどすごいものなのだろうか？　そもそも本当に運命の番だったのだろうか？　蓮は一目見て分かったというが、佑真にはぴんとこなかった。成長して少しの間、人間界にいた頃、佑真にはアルファの番相手がいたらしい。いたらしい、というのは佑真にはその相手との記憶がないからだ。ひどく傷ついてかくりよの世界へ戻ってきたと言ったのは、佑真の育ての親のシュヤーマだ。そのトラウマがあるから、アルファの蓮との恋に踏みきれなかったのだろうか？

（俺は蓮ロスになっている）

悶々と悩み続け、佑真はそう結論づけた。

一週間しか滞在していなかったとはいえ、蓮はやはり佑真の推しだったのだ。それが失われたから、きっとこうして気鬱になっているのだろう。

（新しい推しを見つければ、きっとまた……また潤いのある生活に……）

そんなふうに思ってもみるが、どうしても気鬱は消えない。閻魔大王の素顔を拝見して一時的に活力を取り戻してみたが、しばらくするとまた蓮の思い出に耽《ふけ》ってしまう。

（もしかして俺は本当に蓮に恋していたのだろうか？）

あまりにも蓮のことが頭から離れず、佑真はとうとう自分の中にある気持ちと向き合った。他に人間がいないから蓮は佑真のようなモブに惹かれたと思ったが、実は佑真のほうでも久しぶりに出会った人間である蓮に惹かれたのだろうか？

蓮の吸引力があまりにすごすぎて、佑真は近づくのを恐れた。あんなに熱く想いを伝えてくれたのに――人間の世界へ一緒に行こうとまで言ってくれたのに、自分は未知なる感情におののいて逃げ出してしまった。蓮を傷つけた。自分の心を守るのに精一杯で、相手の気持ちまで思い至れなかった。

考えて、考えて、考え尽くして、佑真はげっそりした。一人で悩むのに疲れ果て、佑真はある休日、シュヤーマのもとを訪れた。

シュヤーマは閻魔大王の右腕なので、常に閻魔大王の屋敷にいる。佑真の住む離れとは違い、兵たちのいる官舎に部屋を持っている。将軍や宰相も官舎に住んでいるのだが、所帯を持ったり、家族との同居を優先したりする者は、王都に家を建てるらしい。シュヤーマは泰山府の外れに生家があって、そこには使用人もいるし、家を守る妖怪も雇っている。佑真は以前そこで暮らしていたそうだが、ほとんど記憶がない。シュヤーマが長期休暇をとっていたので、佑真は生家を訪れた。地図を頼りに小ぶりの屋敷を訪れると、佑真は改めて周囲を見回した。

（俺、本当にここで暮らしていたのかな？　ぜんぜん懐かしくないどころか、初めて見る感じなんだけど）

小さい頃住んでいたはずのシュヤーマの生家は、佑真にはまったく馴染みのないものだった。屋敷を囲む土塀も、庭の山茶花《さざんか》もツツジも覚えがない。不審に思いつつも門を潜ると、奥から使用人らしき管狐《くだぎつね》が出てきた。絣《かすり》の着物を着ていて、人間である佑真に気づき、びっくりして尻尾を逆立てる。

「あのシュヤーマさんは……？」

見知らぬ使用人に首をかしげ、佑真はおそるおそる聞いた。もごもごとしながら管狐が中に引っ込む。五分ほどして、黒い漢服姿のシュヤーマが出てきた。シュヤーマは黒い毛並みの犬の妖怪だ。二足歩行で歩き、目が四つあって、それらが独自の動きをする。

「おお、佑真ではないか。どうしたのだ？」

シュヤーマは佑真と向き合い、四つの目をぐるぐると動かす。その動きにくらくらしていると、四つのうち二つの目が閉じられた。

「まぁ入れ」

シュヤーマが佑真を中へ招く。佑真は小さく頷き、靴を脱いで家の中へ足を踏み入れた。板敷きの廊下が続き、赤い絨毯が敷かれた部屋へ通された。長いテーブルと六つの椅子が置かれた食堂だ。やっぱり見覚えがない。内部の間取りも分からないし、庭で雑草を抜いている使用人にも面識がない。

「あのう、シュヤーマさん。リフォームでもしたんですか？　俺、小さい頃住んでいたはずなのに、ぜんぜん記憶がないんですけど。使用人も知らない人ばかりだし」

佑真は椅子に座りながら、首をかしげた。とたんにシュヤーマが大きく呟き込み、四つの目が開く。シュヤーマは困惑する佑真を椅子に座らせ、ぽんぽんと肩を叩いた。

「気にするな」

歯を剝き出しにして言われ、佑真は面喰らって身を引いた。何かあったのだろうか？　謎は残ったが、佑真は持ってきた風呂敷包みをテーブルに置いた。

「あ、これ、お土産に作ってきました。羊羹です」

佑真が包みごと渡すと、シュヤーマの尻尾が嬉しそうにぶんぶんと左右に揺れる。シュヤーマは顔に似合わず甘いものが好きだ。特に羊羹が好きなので、昨夜のうちに作っておいた。

「うむ。のちほど心して食べよう」

厳かな口ぶりをしているが、尻尾が揺れているので喜んでいるのは一目瞭然だ。シュヤーマは使用人を呼び、羊羹を手渡す。ほどなくして管狐の使用人が佑真とシュヤーマのために茶器を運んできた。

使用人は目の前でお茶を淹れてくれた。深い器に急須と茶杯を入れ、熱湯を注ぐ。温めた急須を取り出し、茶葉を入れて蓋をしてさらに湯を上からかける。急須の茶は、茶海《ちゃかい》と呼ばれる濃さを均一にする器に入れてから、それぞれの茶杯に注がれる。今日は白牡丹《はくぼたん》というお茶で、ハーブっぽい匂いがした。鮮やかな手つきに見蕩れていると、シュヤーマが咳払いする。

「それで、何か用なのか？　来週には閻羅王の官舎に戻るのに、それを待たずしてわざわざ足を運ぶとは」

お茶を口にして、シュヤーマがいぶかしげに聞く。お茶を飲み始めた段階で、使用人が佑真とシュヤーマの前に切り分けた羊羹の載った皿を運んできた。

「はい……。シュヤーマさんの顔を見たいというのもあったのですが……、先日うつしよから人見蓮さんという男性がいらして」

佑真が重い口を開くとシュヤーマの耳がぴんと立った。

「お前はうつしよへは行かなかったのだな」

意外そうにシュヤーマに言われ、またもやっとした感情が湧いてきた。閻魔大王といい、龍我といい、シュヤーマまで、佑真が人間の世界へ戻ると考えている。

「何で皆、俺がついていくものと思い込んでいるんですか？　そりゃ俺は妖怪じゃないですけど、ちゃんとここで職も持ってるし、周りの妖怪とも上手くやってますよ？」

不満げに佑真が言うと、シュヤーマが何ともいえない表情でため息をこぼした。どこか憐れむような顔つきだ。

「そうなのだよなぁ。まさかお前がここまでかくりよに適合するとは吾も思わなかった。人のくせに不思議だなぁ。本来なら人の子は、長年かくりよにいると身体を壊すものなのだが、お前の作る料理がそれを打ち消す力があったようで、適合どころか水を得た魚のように馴染んでいる……。閻羅王はこれを分かっていたのか……」

最後のほうは独り言めいた言い方でシュヤーマが呟く。

「どういう意味ですか？」

「いやいや、それで？」

先を促すようにシュヤーマが羊羹を一切れ口にする。シュヤーマは栗が好きなので、栗蒸し羊羹にしておいた。案の定、美味しさを噛みしめるようにシュヤーマは目を閉じて咀嚼している。顔に似合わず甘いものが好きな義父だ。次は違う甘味を作ってこよう。

「人見さんに会ってから、ぽっかり心に穴が開いたようで……。どうすればいいのか、相談したくてまいりました」

佑真が真剣な口調で身を乗り出すと、シュヤーマが苦笑した。

「素直にうつしよへ行って人見蓮と添い遂げればいいではないか。お前はオメガとやらなのだし、男同士でも結婚できるのだろう？　何を悩んでいるのか？」

シュヤーマには佑真の心の機微《きび》など理解できないらしい。逆に呆れた口ぶりだ。

「そんな簡単にいきませんよ！　大体、人見さんとは一週間しか会ってないし、そのうちほとんど俺が避けていたので、実質三日くらいしか顔を合わせていません。見た感じは礼儀正しいし、気も遣えるし、食の好き嫌いがないところはポイント高いですが、本当はどんな人間かなんて数日会ったくらいじゃ分からないです。もしその気になってうつしよへ行って、人見さんが実は嫌な性格だったり、他人に冷たい人だったりしたらどうします？　温泉宿の息子というのは知ってますが、その人となりまでは分かんないじゃないですか。借金があったり、女癖が悪かったりっ て可能性だって。まぁあんなイケメンなら、黙ってても女は寄ってきますよね。俺に対する迫り方を見ると、とてもうぶな人には思えません。そもそも奥さんいるじゃないですか。閻魔大王は不倫の心配はないと言いますが、どんな形でも奥さんがいるのに離婚してなかったら、新しい相手とは慎重につき合うべきです。せめて身体の関係は後にすべきです！　俺はオメガだから、うっかり妊娠する可能性だってあるんですよ！」

一気に悶々と思い悩んでいた気持ちを佑真が吐き出すと、シュヤーマが羊羹をぽろりと落とす。慌ててそれを拾い上げたシュヤーマは、「うーむ」と唸りながら羊羹を口の中に放り込んだ。

「俺は理屈っぽい性格をしているから、激情に身を任せるとか、ノリでつき合うとか本当に嫌いなんです。無理なんです。石橋を叩いて渡る性格なんです。頭で納得しないと、身体がついてこないんです」

佑真がなおも言い募ると、シュヤーマがお茶を飲み干した。

「つまり、不安だと？」

「そうです！」

シュヤーマが自分の気持ちを理解してくれたと知り、佑真は目を輝かせた。そう、不安なのだ。蓮を好きと認めるのも怖いし、ここの生活を何もかも捨ててうつしよの世界へ行くのはもっと不安だ。その辺を何故周囲の皆が分かってくれず、蓮を勧めてくるのか理解できない。

「シュヤーマさんは人見蓮という人に関して知ってますか？」

佑真が落ち着きを取り戻してお茶と羊羹を口に入れると、シュヤーマが困ったように腕を組んだ。

「まぁ、ある程度の情報はある。七星荘という旅館の長男で、六つ上の都という名前の姉が一人いる。母親は七星荘の主人で、父親は十年ほど前に亡くなっている。家族は全員、閻羅王の印を持っているぞ」

シュヤーマのもたらした情報に佑真は胸を打たれた。蓮の母親はシングルマザーだったのか。家業の旅館で働いているということは、家族に対する情があると思っていいだろう。妖怪に対する耐性はある家族のようだが、蓮の妻が失踪した件に関してはどう思っているのだろう？

蓮は一緒に人間界へ行こうと言ってくれたが、いきなり男の恋人を連れてきたら、さすがに妖怪耐性があっても家族は拒絶するのではないだろうか？

「蓮の息子は確か二歳くらいの男の子だったと記憶している。息子も印をもらいに来たから、いずれ七星荘の跡取りとなるのであろうな」

思い出したようにシュヤーマに言われ、胸が締めつけられるようになった。二歳の息子——そんな可愛い盛りの子どもを置いて消えたなんて、ひどい妻だ。やむにやまれぬ事情があったのかもしれないが、残された家族の想いを考えるとつらい。

「ちなみに七星荘は山奥にあるから、周囲に人はほとんどおらぬぞ。人の世界で生きるのが不安かもしれぬが、お前が思うほど人との関わりはない場所だ。かくりよにおいても、うつしよにおいても辺鄙《へんぴ》な場所でな」

シュヤーマが教えてくれた話を噛みしめ、佑真は考え込んだ。やはり情報は重要だ。蓮の置かれた環境を聞いただけで、不安だった心が多少緩和された。

「あとは……それほど吾も蓮に興味がないから分からぬなぁ。まぁ気軽に行き来できる場所ではないのがお前の悩みの種かもしれぬ。七星荘に辿り着くまで徒歩だと一週間はかかるからな。羅刹鳥を使えればひとっ飛びなのだが……」

同情めいた眼差しでシュヤーマに言われた。

「ところでお前、少し妙な匂いがするぞ？」

ふいに鼻をひくつかせてシュヤーマが目を光らせる。

「え？　ちゃんと風呂には入ってますよ？」

何か臭かっただろうかと佑真は自分の衣服に鼻を寄せた。ここまで歩いてきたので汗臭いのかもしれないと生成りのシャツをはためかせた。

「いや、汗の匂いではない。……もっと特殊な……独特な……」

シュヤーマが立ち上がり、佑真のほうに回り込んで、佑真の全身を嗅ぎ回る。するとその目がくわっと見開かれ、すっと身を離した。

「お前、発情期が近いのでは？」

予想外の発言を受け、佑真はびっくりして椅子から転げ落ちそうになった。

「ヒートが⁉　俺、ヒートが来たことないんですけど⁉」

オメガになると発情期というものがあるそうだが、今までの人生で佑真は体感したことはない。

きっと珍しいタイプのオメガなのだろうと勝手に思っていた。その自分が——発情期！

「春でもないのに珍しいが、この匂いはおそらく発情期だろう。あ、もしかして——閻羅王のところに春の神が来ていなかったか？」

春の神と言われても心当たりがなく、佑真は首をかしげた。そういえば、今朝、出かける際に華耀にもらった飴玉を思い出して口に入れた。元気がない時に口にしろと言われたので、今こそ食べる時と思ったのだ。実際舐めたらほんのり甘さのある飴で、わずか数秒後には溶けてしまった。しかも肝心の期待した活力漲る効果はなかったのだが……。

「まさか……春の神って、華耀さん、じゃないですよね？」

閻魔大王の傍にいた麗しい女性を思い返し、佑真は顔を引《ひ》き攣《つ》らせた。

「まさに、華耀様だ。春の神だぞ」

大きくシュヤーマに頷かれ、佑真は今さらながらドキドキしてきた。綺麗な妖怪だとは思っていたが、あの方は春の神だったのか。失礼なことをしなかっただろうか？

「華耀さん……、いえ華耀様から飴をもらって今朝舐めたんですが……まさか、それが？」

佑真は椅子から腰を浮かせ、おろおろした。元気になる飴だと思っていたのに、発情期を呼ぶ飴だというのか。

「はぁ、それはありうるな。春を呼ぶ飴だな。春——つまり、発情期だ」

犬の顔であっさりと告げられ、佑真は真っ赤になって髪を掻きむしった。

「何でそれを言ってくれないんですか！　ってか、華耀様はしゃべれないから、閻魔大王！　絶対知ってて黙っていた！　いや、元気がない時に舐めろというのは大きな意味では間違っていないのか……？　精力剤的な？　もおお！　こんなところでどうしろと！」

発情期が来ると言われても、経験がないので困ってしまう。妖怪の世界にアルファはいないので襲われる心配はないだろうが、発情期の間は悶《もだ》え苦しむ状態になる。

「うむ。この匂いなら、明日には本格的に始まりそうだ。奥にある鍵のかかる部屋にこもるといい。人間であるお前を襲う者はいないと思うが、この匂いが高まると、印があっても喰いたくなる輩はおるかもしれぬ。これ、誰か」

シュヤーマが手を叩いて使用人を呼ぶ。佑真は顔が熱くなって、頬をごしごし擦った。まだ発情期が始まったわけではないはずだが、プラシーボ効果か身体が熱くなってきた。

「しばらく佑真がこもれるよう、奥座敷を整えよ」

シュヤーマの命令で使用人が慌ただしく動きだす。佑真は人間なので、人が食べるものの手配とか、いろいろと大変そうだ。佑真も動けるうちにと、多方面に手紙を書いた。特に閻魔大王への手紙には恨みつらみを書き記した。

「お前は間が悪いなぁ」

佑真から託された手紙を確認し、しみじみとシュヤーマが言った。どうやらシュヤーマは蓮がいる時に発情期がくればよかったのにと思っているようだ。

「そんなことで身体の関係を持つなんてお断りです」

ムッとしてそっぽを向いたが、内心ではかなり不安だった。初めての発情期、一体どんなふうになってしまうのか。苦しいのだろうか。辛いのだろうか。延々と自慰に耽る自分を想像できなくて、佑真は心配でたまらなかった。

◆7　発情期

シュヤーマが案内してくれた奥座敷は、地下にある特殊な部屋だった。部屋全体は黒い壁で覆われ、入り口は小さな格子戸しかない。何でも大昔、日の光が苦手な妖怪がこもっていたそうで、中に入ると畳敷きの広い和室になっていた。床の間には掛け軸が飾られ、衝立の奥には布団が敷かれている。部屋の右壁には手洗い場に続く扉があり、数日くらいならここで過ごせそうだった。

「錠前の鍵を渡しておくぞ。ここは格子戸の中からでも鍵を閉められるのでな。理性のあるうちに閉めておけ」

シュヤーマは奥座敷の鍵を佑真に渡して言い含める。発情期になり理性を失うと、誰彼構わず情欲に耽るという。いくら何でもそこまでおかしくなるとは思わないが、念のため錠前の鍵をかけて手洗い場に隠しておいた。

夜が近づくにつれ、徐々に体温が上がっていった。

寝苦しく、もどかしい夜を一人きりで過ごした。布団の上をごろごろし、暇潰しにと渡された書物を開き、無為な時間を過ごした。

どうにか明け方近くに眠ることができ、気づいたら翌日の昼時になっていた。使用人が食事を運んできてくれて、あまり食欲はなかったが胃袋に収めた。少し身体がだるい。地下の部屋なので日の明かりがないのが時間感覚を狂わせた。

（まぁ……でもこんな感じなら、何とかやり過ごせそう）

発汗して、重だるさはあるものの、おかしくなるほどではなかったので、油断していた。

その日の夕刻、佑真は完全に発情期に入った。

「うう……ううう……」

佑真は布団に転がり、乱れた衣服で悶え苦しんでいた。昼までの状態が嘘のように、理性が飛んでいた。ここはシュヤーマの家だというのに、どうしても、どうしても耐えきれなくて、衣服を脱いで自慰に耽っていた。

息が乱れ、全身がひどく敏感になっている。乳首がぴんと尖《とが》り、触れると気持ちよくて喘《あえ》ぎ声が漏れた。性器は勃起し、だらだらと先走りの汁を垂らしている。おまけに尻の穴が、怖いくらい濡れている。

「あ……っ、ひ……っ、い、あ……っ」

性器を扱《しご》いても気持ちよくなくて、佑真は躊躇しつつも自分の尻穴に指を入れた。ぐちゃぐちゃに濡れたそこに指を潜らせ、必死になって掻き混ぜる。内部は熱く、どろどろとしていた。指では届かないもっと奥を弄《いじ》りたくて、涙がこぼれる。

「ううう……っ、もうやだ、あ……っ、あ……っ」

入れた指を動かしながら、佑真は泣いて身悶えた。信じられないことに、自分の身体の奥に男の性器を望んでいた。硬くて長いモノでずぼずぼと突かれたくて、目眩がする。指では物足りなくて、射精しても身体の奥がずっと疼《うず》いている。

「何だよ、これぇ……っ。イっても治まらないじゃん！」

佑真は何度目かの射精をして、はぁはぁと息を乱した。座敷の中には自分の匂いが充満している。数時間前、シュヤーマが様子を見に来てすぐに引っ込んでしまった。佑真は欲情しっぱなしで、シュヤーマでもいいから犯されたくてたまらなくなっていた。

「あ……っ、あ……っ、やぁ、あ……っ」

全身が燃えるように熱くて、汗が噴き出る。布団には佑真の出した精液と汗で染みができていた。喘ぎすぎて咽が渇き、あらかじめ用意された瓶の水をがぶがぶ飲んだ。

「これぇ……いつまで続くぅ……？」

頭がぼーっとしてきて、ろれつも回らなくなってきた。発情期は人によって一週間続くこともあるらしい。そんなに続いたら、確実に死んでしまう。

「うう……、つらいぃ……誰かぁ」

ただひたすらに達したくて、布団に勃起した性器を擦りつけた。頭の中はセックスしかなくて、ほぼ獣になっていた。回らない頭で鍵を開けて誰かを襲いに行こうかと思い詰めた。いつもの自分なら絶対に考えないことを、発情期中の自分はめまぐるしく考えている。幸いだったのは、理性が吹っ飛んで、鍵のありかを忘れたことだ。どこへ鍵を置いたか思い出せなくて、お尻に入れた指を動かし続ける。

何時間経った頃だろうか。

地下室だったので時間の感覚は消え、身体もおかしくなっていたので、状況がまったく分からなくなっていた。

どこからか待ち望んでいた匂いがして、佑真はとろんとした目を格子戸へ向けた。

「佑真さん……っ」

何故か、格子戸のところに蓮がいた。

真っ赤な顔で口と鼻を覆い、全裸で布団に転がり自慰に耽る佑真を食い入るように見ている。とうとう頭がいかれて、幻覚を見ているのだと思った。犯してくれる相手を捜していたから、きっと蓮の幻を見たのだろう。

「人見さん……、うう、つらいぃ……っ。奥に入れてぇ」

佑真はぽろぽろと泣きながら、格子戸ににじり寄った。蓮の顔が大きく歪み、前屈みになる。

「ちょ……っ、マジでやばい。はぁ、はぁ……っ。あなたの匂い、おかしくなる……っ」

蓮が苦しそうに吐き出す。蓮はシャツとズボンというラフな格好だったが、その下腹部が盛り上がっているのが佑真には分かった。蓮は佑真に欲情している。求めていた一物がそこにあると興奮して息が乱れた。

「抱いて、お願い、抱いて下さい……っ。お尻が変だからぁ」

佑真は格子戸にしがみついて、涙ながらに訴えた。蓮に対するあらゆる想いはすべて頭から消し飛び、無性にその身体だけを欲していた。助けを求めるように手を伸ばすと、蓮がその手を摑む。蓮の手も熱くて、息が乱れている。

「はぁ、はぁ……っ。佑真さん、中に、入れて」

熱っぽい目で強く見据えられ、佑真はぞくぞくっとした。蓮は摑んだ佑真の手を口に含み、指先をしゃぶりだす。蓮の舌先が熱くて、佑真はひくりと腰を震わせた。蓮の舌が指の股を撫で、指先を甘く嚙む。それだけで背筋がのけ反るほど感じた。

「か、鍵……鍵、どこ……ぉ、あ……っ、あ、あ……っ」

指先を、音を立てて吸われ、佑真はぼうっとして言った。蓮の歯が佑真の肉を甘く嚙むたび、身体の芯が疼いていく。蓮の目が情欲に濡れていて、視線だけで犯された気分になる。

「隣の部屋……、隣の部屋にあるから」

蓮のもう片方の手が伸びて、佑真の口の中に潜り込んでくる。舌先を引っ張られ、唾液があふれ出た。トナリノヘヤ……。頭の中で蓮の言葉を反芻し、ようやく手洗い場に鍵を置いたのを思い出した。

「はぁ……っ、はぁ……っ、はぁ……っ」

佑真は重い身体を起こし、のろのろとした動きで格子戸から離れた。尻の穴から漏れた愛液が太腿を伝っていく。どうにかして手洗い場へ行くと、鍵を置いた場所に手を伸ばした。

「これ……これ……」

息を喘がせて格子戸に戻ってくると、力が抜けて鍵を落としてしまう。蓮がすかさず落ちた鍵を拾い上げ、錠前に差し込む。

格子戸が開き、甘ったるい匂いと共に、蓮が中へ入ってきた。

「佑真さん、佑真さん」

蓮がどこか怒ったような声で佑真を抱きすくめ、強引に唇を奪ってきた。蓮のキスは信じられないほどに心地よく、貪るように吸われて胸が引き攣った。

「ひ、は、はぁ……っ、これ、欲しい、これ……っ」

キスの合間に佑真は蓮の下腹部を握り、涙目で叫んだ。蓮は震える唇を離すと、もどかしげに手早くベルトを外し、ズボンをずり下ろした。下着をずらすと、とたんにいきり立った性器が目の前に現れた。それは雄々しく勃《た》ち上がり、佑真の精神を狂わせた。

「入れて、早く」

佑真が言うと、蓮は畳の上に佑真を押し倒し、片方の脚を持ち上げて勃起した性器を押しつけてきた。

「う……っ、すごいぬるぬる……っ、はぁ、はぁ、こんなにしてたの……？」

蓮が先端をめり込ませて、上擦った声を上げる。蓮の硬くて熱くて長いモノは、一気に奥まで押し込まれてきた。

待ち望んだ快楽が全身を貫く。佑真は悲鳴じみた嬌声《きょうせい》を上げた。

「あああ……っ、ひ、ぁあああ……っ!!」

前立腺を張った部分で擦り上げられ、深い奥まで犯される。そのあまりの気持ちよさに、佑真はのけ反って甲高い声を上げた。入れられただけで激しい絶頂感に見舞われ、しばらくは声も出せないほど四肢を引き攣らせた。性器から精液がとろとろとこぼれ続けている。気持ちよくて、頭が真っ白だ。

「ひ……っ、は……っ、ひぃ……っ」

身体の奥でどくどくと脈打つそれが、愛しくてたまらなかった。内部が痙攣《けいれん》して、蓮の性器をきゅうっと締めつけるのが分かる。蓮は佑真を抱きしめるようにして奥まで性器を入れると、荒々しい息遣いで腰を振り始めた。

「やぁ……っ、ああ……っ、あひぃ……っ、やだぁ……っ」

奥を突き上げられ、あられもない声が次々と漏れ出る。蓮は欲望に支配されたように、佑真の脚を押さえつけ、性器を律動する。濡れた卑猥な音が響き、互いの獣じみた息遣いが交差する。

「はぁ……っ、はぁ……っ、中に出したい、いい？　お願い、中に出させて」

蓮が腰を穿《うが》ちながら、佑真の首筋をきつく吸い上げて言う。佑真だけでなく、蓮も理性を失っていた。何度も何度も奥を突かれ、さっき達したばかりなのに、また絶頂感に襲われる。

「出して……っ、中に出してぇ」

佑真は蓮に抱きつき、熱に浮かされて叫んだ。先ほどから連続して絶頂しているような、ありえない快楽が続いていた。蓮の精液が欲しくて、両脚を蓮の腰に絡ませる。

「佑真、好き、好き、愛してる」

佑真の唇を深く吸い、蓮が激しく腰を突き上げる。めちゃくちゃに内部を穿たれ、やがて蓮の性器が膨れ上がった。次には熱くてどろりとしたものが中に出された。それは佑真の身体の奥に染み渡り、深い場所まで犯してくる。

その時——佑真の脳裏に、電気が走った。

同じように——蓮の身体にも。

吐き出した快楽の次の瞬間には、互いに目を見交わし——すべてを思い出した。

「あああぁーっ!!」

佑真と蓮は同時に大声を張り上げた。


蓮とのセックス、そして中に精液を出された刹那、佑真は思い出した。

自分はシュヤーマの養子でもないし、かくりよで長年暮らす珍しい人間でもない。自分の名前は人見佑真。目の前の男の配偶者で、七星荘で働いていた。

「えーっ、えーっ、待って、何がどうなって⁉」

突然の膨大な記憶の回復で、佑真は混乱してパニックになった。

「失踪した妻って何だよ！　俺じゃん！　どうりで自分の記憶が混乱していたのか⁉」

何もかもが明らかになると、自分が盛大な勘違いをしていたのが分かり、恥ずかしくなってわめいた。

そう、かくりよにやってきた人見蓮の妻こそ、自分だ。蓮とは同じ会社に勤務する同僚だった。会社を辞める時に蓮からプロポーズされ、妖怪専門宿を経営する蓮の家族のもとへ行ったのだ。蓮の母親が仕組んだ罠で、佑真は妖怪にオメガにされた。元のベータに戻ろうとしたのだが、蓮との間に子どもができたことを知り、そのまま結婚して家族になったのだ。

「ゆ、佑真……っ、えっ、どういうこと！　何で俺、佑真のこと思い出せなかった⁉」

蓮も同じく混乱していて、髪を掻き乱している。

そう、自分たちは記憶が消えていた。相手のことも、自分のことも、あれだけ会話していても思い出せなかった。しかも、佑真に至っては記憶を操作されていた。自分はずっとこのかくりよで暮らしていたと思い込んでいたのだ。しかもシュヤーマを義父と信じていた。

「……閻魔大王ーっ‼」

蓮とバッチリ目が合い、お互いにこの状況を仕組んだ犯人に思い当たった。閻魔大王が七星荘に来た日の記憶が蘇ったのだ。蓮と言い合いになって、落ち込んで一人になったところに、閻魔大王が手を差し伸べてきた。あそこから記憶が改竄《かいざん》されている。

「ああ……っ、嘘だろ、俺はずっと馬鹿な時間を……っ」

蓮が呻くようにして佑真の身体に重なり合ってくる。切ない瞳に見つめられ、佑真はごくりと唾を飲み込んだ。記憶が蘇り、理性が戻ってきたが、身体のほうはまだ熱いままだった。

「蓮、ひとまず、積もる話は置いておこう」

佑真は布団の上に蓮を押し倒し、濡れた唇を舐めた。

「今はエッチしよう！　一回くらいじゃぜんぜん足りないっ。もっと中に出してくれ！」

興奮した声で叫ぶと、蓮がたじろいだように息を吞む。だが蓮の下腹部もまだ勃起した状態で、佑真と同じく興奮している。

「佑真の匂いでおかしくなる……。俺、久しぶりだから長くかかるよ」

蓮の手が伸びて、佑真のうなじを引き寄せる。深く唇を重ねて、佑真は熱い激情に包まれた。

発情期というのも相まって、佑真は蓮と長時間、セックスに耽った。

蓮の逞しい胸板と腕が心地よくて、全身を愛撫されながら何回も身体を繋いだ。敏感な乳首を弄られるだけで、絶頂に達した。出しすぎて精液が空っぽになると、よりいっそう奥を突かれて深いエクスタシーを感じた。

「あああ……っ、もぉ、無理……っ、いやぁ、奥、駄目……っ、溶けるぅ」

後ろから激しく中を突かれ、佑真は蕩《とろ》けた声で呻いた。蓮が性器を引き抜くと、どろっとしたものがあふれ出す。自分の愛液と蓮の精液が混ざり合い、匂いで頭をおかしくさせる。

「はぁ、はぁ……っ、すごいね、佑真のここ……。俺の形になって、ひくついてる」

蓮がうっとりした声で佑真の尻の穴を弄る。太腿の辺りはどろどろで、身体だけでなくシーツにも互いの精液がこびりついている。

「もう腰から下に力が入らない……」

佑真はだるい腕を蓮に伸ばした。蓮は佑真の身体を抱き上げるようにして、キスをする。蓮の唇は柔らかくて、ずっとくっつけていたいくらいだ。舌を吸われるだけで甘く蕩けるし、舌を絡め合うようなキスをしながら乳首を弄られると、気持ちよくて生理的な涙がこぼれる。

「ううー……。気持ちいー……、なぁ、ずっと中に入れておいて」

蓮の首に腕を回し、佑真はねだるように身体を擦りつけた。何度達しても欲情は治まらないが、それでも一人で自慰に耽っていた時と比べて、心が安定している。発情期の番とのセックスがこんなにいいものとは知らなかった。

「うん……、いいよ、俺もずっと佑真と繋がっていたい」

角度を変えて佑真の唇を食みながら、蓮が囁く。蓮は佑真の身体を持ち上げると、座位の状態で腰を引き寄せた。性器の先端を尻の穴に宛てがわれて抱きつくと、体重で身体の奥に蓮の勃起した性器が入ってくる。

「あ……っ、はぁ……っ、はぁ……っ」

大きなモノで身体の奥がいっぱいになると、満たされて、幸せな気分が広がった。佑真は蓮に跨《また》がった状態で飽きることなく唇を貪った。蓮の大きな手は佑真の耳朶を揉み、腰を撫でる。時折軽く揺さぶられたが、蓮はしばらくそのままで佑真の身体を愛撫した。

「ずっと……離れていたなんて、信じられない」

蓮は佑真を抱きしめ、苦しそうに呟く。佑真はまだぼうっとした頭で、蓮の額に額をくっつけた。軽く律動されて、鼻にかかった甘い声が漏れる。

「こんなにいやらしい身体……俺がいなくて大丈夫だったの？」

蓮の指先が乳首を摘まむ。尖った乳首を引っ張られ、佑真は「あっあっ」と身悶えた。ふっくらした乳首を指先で弾かれ、潰され、ぐりぐりと捏ねられる。そうされるたび、腰が揺れて、嬌声がこぼれた。

「今まで……こんなんじゃ……っ、あ、は……っ、あン、あ……っ」

両方の乳首を弄られ、佑真は上気した頰で腰をひくつかせた。乳首を愛撫されると、連動して銜《くわ》え込んだ奥が疼いていく。

「乳首、気持ちいいんだね……？　中が締まる……、また乳首でイっちゃう……？」

揶揄するように蓮が乳首に口を寄せる。舌先で転がされ、えも言われぬ甘い感覚に背筋を震わせた。射精はしていないのに、さっきからまるで達したみたいな甘い感覚が断続的に身体に起きている。目から涙がこぼれ、無意識のうちに腰が動いている。

「甘イきしてるの……？　中がすごいよ……？」

内部にいる蓮の性器を締めつけるたび、気持ちよさそうな顔で蓮が笑う。肉壁で蓮の性器を奥へ奥へと引き込んでいるのが分かり、無性に恥ずかしくなる。

「この辺まで……入ってるでしょ……？」

蓮が片方の手を佑真の腹部へ移動する。下腹の上からぐーっと押されて、佑真はびくびくっと大きく身を震わせた。

「やあぁ……っ、あー……っ、あー……っ」

不意打ちのように深い絶頂感に襲われ、佑真はあられもない声を上げた。目がチカチカして、全身にぞわっとした鳥肌が立っている。

「お腹押されてイっちゃったの……？　エロい身体……、すごい興奮する……」

蓮が感極まったように下から腰を突き上げる。達したばかりの奥をずんと突き上げられ、佑真は「やだぁ……っ」と泣きじゃくった。

「やだ、や……っ、イってる、イってるからぁ……っ、あー……っ、やぁー……っ、ダメダメ、やめて」

敏感になっている奥を硬く反り返った性器で突かれ、佑真は激しくのけ反った。ぐぽっ、ぐぽっという卑猥な水音がして、泡立った精液が垂れてくる。

「嫌、嫌ぁ、ひぃ、ひあああ……っ!!」

すぎた快楽は苦しさもあって、佑真は室内に響き渡る声で泣き叫んだ。蓮は奥に入れた性器でぐりぐりと内壁を掻き回していく。深い奥の感じる場所を熱棒でぐちゃぐちゃにされ、喘ぎ声が止まらなかった。

「逃げないで……、中でイってるから、何度でもイけるでしょ……?」

逃げようとする佑真の二の腕を掴み、蓮が意地悪く腰を突き上げてくる。下腹部に力が入らなくて、自分の体重でまた蓮の性器を銜え込む。太腿が震え、嬌声が止まらない。出し入れするいやらしい音が、耳からも佑真を刺激する。

「ずっとイってるぅ……っ、こわ、怖い……っ、あー……っ、あー……っ」

蓮に突き上げられるたびに達している気がして、佑真は顔を涙でぐしゃぐしゃにして甲高い声を放った。喘ぎすぎて息が苦しい。頭の芯まで痺《しび》れるようなセックスだった。ドライオーガズムというものかもしれない。身体が痙攣して、絶頂感を延々と感じている。

「うん、中すごいことになってる……はぁ、はぁ……っ、気を抜くとすぐイきそうだ」

蓮が息を荒らげて佑真の腰を抱える。繋がった状態でシーツの上に倒され、両脚を持ち上げられた。蓮は息をつく間も与えず、激しく腰を揺さぶってくる。

「やあぁ……っ、あひ……っ、い、あ……っ、もう奥突かないでぇ……っ」

容赦なく中を掻き回され、佑真は獣じみた息遣いで身体を震わせた。ふいに蓮が腰を止め、見下ろしてくる。肩で息をしている蓮は、うっとりした表情で佑真の足に口づける。

「はぁ……、はぁ……、イきそうになった……。長く入れておくって言ったのにね……」

汗ばんだ佑真の腹を撫で回し、蓮が囁く。

「ひ……っ、あ、ひ……っ、う、あ……っ」

蓮の動きは止まったのに、身体がびくっ、びくっと勝手に震える。コントロールを失った身体はひたすら恐ろしく、経験したことのないほどの快楽に佑真は怯えた。涙とよだれでひどい顔になっているはずなのに、蓮のいきり立ったモノは興奮したままだ。

「俺の出したもので、中はどろどろだね……。可愛い佑真……、君の匂いが俺の匂いになっている……」

佑真の足の指を口に含み、蓮が指先でへその穴を弄る。足を舐められるのが恥ずかしくて、佑真はシーツを乱した。

「き、汚い……からぁ……、う……っ、ひぁ……っ、はぁ……っ」

ささいな動きにも腰がひくんとする。佑真は甘ったるい声でいやいやと首を振った。

「何で。佑真の身体ならどこでも舐められる……。ふふ、まだびくびくしてるね、中」

蓮が唇を舐めて、腰をぐっと突き出す。甘い電流が腰に走り、佑真は熱い息を吐き出した。身体の奥はどこを突かれても感じてしまい、喘ぎ声がひっきりなしに続く。

「ねぇ、俺、記憶なかったけど……、佑真に会って、ものすごく犯したいと思ってた」

ふっと蓮の目が強く光り、佑真は肉食獣の前に躍り出た被食者の気分になってぞくぞくした。蓮らしからぬ直接的な言い方に、きゅんと奥が疼く。

「会ったばかりだったのにそんな気持ちになるなんて、ってずっと後ろめたい思いしてたの、知ってた？　佑真の澄ました顔が乱れるくらい、むちゃくちゃに犯して、身体の奥に精液をたくさん注ぎたいと思ってたんだよ……」

ほの暗い言葉に佑真は何故か興奮して、蓮を見上げた。

「れ……蓮……」

はぁはぁと息を荒らげ、佑真は頬を赤く染めた。

「今、そうしてる……。すごくいい。何度も俺に射精された佑真はエロくて可愛い……、めちゃくちゃそそる……」

蓮が屈み込んできて、佑真の唇を吸う。

「蓮……、めちゃくちゃに犯して」

感極まって、佑真は蓮の耳に囁いた。蓮の目がすっと細くなり、口づけながら急に激しく腰を振りだした。わずかに治まったところへ、容赦なく内部を穿たれ、佑真はシーツを乱して息を喘がせた。

「気持ちい……っ、やぁ、またイく……っ、駄目、漏らしちゃう……っ」

押さえつけるようにして荒々しく腰を突き上げられ、佑真は悲鳴じみた嬌声を上げ続けた。肉を打つ音と、濡れた液体が奏でる音が入り交じり、佑真は泣きながら身悶えた。

一向に治まらない情欲に溺《おぼ》れて、佑真は蓮の身体をひたすら抱きしめていた。


発情期は三日かけて、やっと治まった。

理性が戻ってくると、佑真は激しい自己嫌悪に襲われた。他人の家、しかもシュヤーマの家でセックス三昧だったのだ。部屋中に淫靡《いんび》な匂いがこもっているし、シーツも布団も、汚しまくった。穴があったら入りたいどころか、穴の上から土を被せて生き埋めにしてほしいと願った。

「本当に、ほんっとーに申し訳ありません！」

湯浴みをすませ、さっぱりした姿になると、佑真は蓮と一緒にシュヤーマに頭を下げた。畳に額を擦りつけて謝った。匂いに敏感なシュヤーマはしばらく奥座敷へ行けないだろう。

「気にするな。間がよく、蓮がこちらの世界に来たのがよかったな。相手がいないのに発情期を過ごすのはつらかろう。発散すると短い日にちで終わると聞くしな」

シュヤーマは寛大な心で許してくれた。言われて思いだしたのだが、突然蓮が現れ、最初は幻だとばかり思っていた。

「いや……実は七星荘へ戻ったんだけど、どうしても佑真のことを忘れられなくて、また来ちゃったんだ。ふだんならこんな真似しないんだけど、佑真のこと運命の番だと思ってたから。一体誰が佑真のうなじに噛みついたんだろうと、毎晩眠れないくらい悩んだのに、それがまさか自分とは……」

蓮はほんのり顔を赤らめ、笑って言う。

「閻魔大王のところへ行ったら、佑真はシュヤーマさんの家に行ったって言われて、本能の赴くままここまで来た。実は閻魔大王から、佑真が発情期で苦しんでいるって言われたから」

閻魔大王は佑真の身に起きる出来事も予測ずみだったらしい。千里眼を持っているので、蓮をけしかけたのだろう。あそこで蓮が来たから記憶も戻ったし、つらい発情期も乗り越えられた。

とはいえ、これらすべての原因は閻魔大王にある。

佑真の記憶を奪い、改竄したのは明らかに閻魔大王だ。閻魔大王の恐ろしい力は、佑真だけでなく、蓮の家族や周囲にまで及んでいた。

佑真は蓮と共に、今回の件の文句を言うために閻魔大王の屋敷へ戻った。蓮は相変わらず閻魔大王が苦手らしく、「佑真のように文句なんか言えない」と尻込みしていたが、さんざん引っ掻き回された責任はとってもらわないとならない。

「閻魔大王っ、どういうことですかぁっ!!」

シュヤーマの家から閻魔大王の屋敷へ蓮と共に戻った佑真は、怒り心頭のまま閻魔大王の執務室へと駆け込んだ。

執務室では閻魔大王と龍我がいて、怒鳴り込んできた佑真たちに笑顔を向けた。

「やっと結ばれたのか。えらく長くかかったなぁ。まさかこんなにかかるとは思わなかったぞ。余はな、蓮と佑真が結ばれると記憶が蘇るようにしておいたのよ。余の優しい配慮に感謝するがいい。わざわざここまで呼び寄せた蓮が、手も出さずに七星荘へ帰った時には呆れたものだ。人間界ではへたれというのだろう?」

まるで悪びれた様子なく閻魔大王に言われ、佑真は絶句した。蓮に至っては、閻魔大王の圧が恐ろしいと言って、扉の近くまで後退している。

「な、何でそんなこと……っ」

歯ぎしりして佑真が言うと、閻魔大王が顎を撫でる。

「其方、蓮との結婚生活に不安を抱いていたであろう？　天邪鬼《あまのじゃく》から得た能力を失った蓮が、自分を捨てるのではないかと悩んでいたな。だから余は其方たちの記憶を一度消し、まっさらな状態で会えるようにした。天邪鬼の能力を失った蓮には、佑真が光って見えないはずだ。それでも佑真に惹かれるようなら、それは本物の愛であると」

優しく説くように言われ、佑真は驚いて息を呑んだ。

そうだ、確かにあの頃の自分は、いずれ蓮は自分を捨てるだろうと思っていた。天邪鬼の能力で、嘘をつく人間が黒く見えるようになった蓮は、大勢の中から光り輝いていたという自分を見つけた。社交辞令やお為ごかしができない自分は、以前の蓮の目には留まったかもしれない。けれどその力が消えた後は、どうやって潔く身を引くかという点を考えていた。

蓮は再び佑真を見初めてくれた。それは佑真の矜持《きょうじ》を満たし、真実の愛があったと納得できるものだった。

「そんな……、それじゃ……」

佑真は胸が熱くなって、一瞬ほだされかけた。だが、いくら何でも時間が経ちすぎていると思い出し、目を吊り上げた。

そう――あの夜、閻魔大王にさらわれてから、うつしよの世界では一年半の時が過ぎ去っていたのだ。佑真の子どもはすでに二歳になっているという。蓮の失踪した伴侶をひどいと思っていたのに、それがまさか自分だったなんて。投げたブーメランが戻ってきて、クリティカルヒットした。

閻魔大王や龍我が不倫ではないから安心しろとくどいくらい言ってきた理由が分かった。

問題なのは、うつしよとかくりよでは時間の流れが違う点だ。うつしよにとっての一日はかくりよにとっての七日に当たる。向こうで一年半が過ぎたということは、こちらでは七年以上が過ぎている。佑真はかくりよで七年以上の時を過ごしてきた。めちゃくちゃ順応してしまったし、ここでしっかり居場所を築いてしまった。

「いやっ、だからといって、長過ぎでしょ！　あっちじゃ一年以上時間が過ぎてるし、俺もここで七年も過ごしちゃったんですよ⁉　はっきり言って、ものすごく適応できちゃって、うつしよへ戻るのが怖いくらいですよ！」

佑真は怒りを思い出し、机に手を乗せて、閻魔大王に迫った。七年の月日は重すぎる。佑真はかくりよに骨を埋める覚悟だった。

「確かに余の失策はその点にあるな」

閻魔大王が深く頷き、ため息をこぼす。

「余は其方をここへ連れてきた翌日には、蓮へ呼び出しをかけておったのだ。ところがへたれなこやつは何かと理由をつけて、ここへ来ようとしなかった。命令状を発行して、やっと来たな。しかもわざわざ花神宮という他の妖怪がほとんどいない場所に泊まらせて、同衾すればすぐに記憶が戻るようにしたのに、手を出せずに終わるとは。はぁ、其方、本当にこのへたれが好きなのか？　其方をやるのがもったいない、というのが余の認識なのだが」

アイマスク越しにじろりと蓮を睨み、閻魔大王が言う。とたんに蓮は圧に耐えかねたように、床に膝をついてしまった。佑真には分からないのだが、妖怪や一般人は閻魔大王の前に立つとこんなふうになるらしい。

「そ、それについては申し訳なく……、佑真がいるなんて知らなかったし……。できればここへはあまり来たくなかったんです」

苦しそうに蓮が呟く。閻魔大王が呼び出し状をすぐに送っていたというのは、佑真の怒りを和らげた。そういうことなら、あまり責められない。閻魔大王のおかげで、確かに自分は蓮とこの先も生きていける自信を持てた。

「佑真がここに馴染みすぎたのも想定外の出来事であった。本当に、蓮のもとへ戻すのはもったいない。其方の作るものは極上の味であった。ここに住む妖怪たちも、其方の作る料理が格別なものに思えていたようだしな」

閻魔大王に微笑まれ、佑真はこれまでの自分の経験を思い返した。記憶が改竄されていたとはいえ、佑真はここで料理人として楽しい日々を送っていた。このままずっとここでやっていくつもりだったし、将来は店を持ちたいという夢も抱いていた。

だが——佑真には子どもがいた。

颯馬という、まだ二歳の男の子だ。今はすごく颯馬に会いたい。ずっと会えずにいたのが不思議なくらい、颯馬が大事で愛しくて、涙が出そうだった。

「うつしよへ戻るのだな」

閻魔大王が穏やかな声で告げる。

「はい……。七星荘へ戻って、子どもと会いたいです」

佑真は大きく頷いて、蓮を振り返った。蓮はホッとした表情で、頷き返してくれる。

「蓮や其方の身内には特別な術を施しておいた。其方に関する記憶を無意識のうちに封じるようにした。其方が戻れば、すぐに記憶を取り戻すだろう。子どもには何も術をかけておらぬ。まだ言葉もろくにしゃべれないようだったのでな」

閻魔大王が颯馬には何もしていないのを知り、佑真はホッとした。身内に関しても、連絡がつかなければ父や母は心配しただろう。かくりよでのほほんと過ごしていただけに、無為な心配をさせていなかったのはよかった。

「でも俺、まだ閻魔大王のしたことを許したわけじゃないですからね！　蓮と颯馬と引き離されたんだから、それなりの謝罪を要求します！　つまり……っ」

佑真は咳払いして、両手を合わせた。

「素顔を拝ませて下さいっ！　それでチャラにしますから！」

元気よく目を輝かせて言うと、後ろで蓮が悲鳴を上げている。詫びの代わりに欲しいものは、推しの尊顔だ。お金で買えないプライスレスなお詫びといえるだろう。

「ふふふ。其方は本当に面白いなぁ」

閻魔大王が笑いながらアイマスクに手をかける。ハッとして閻魔大王の横にいた龍我が、蓮に駆け寄って、その目を手でふさいだ。

閻魔大王の素顔が晒され、佑真はその神々しさに息を荒らげた。美しく、聡明さと慈愛を兼ね備えた瞳、完璧な黄金比の目鼻立ち、うっとりするくらい綺麗な唇、閻魔大王の素顔は目がハートになるくらい素晴らしかった。

「ふわぁああーん、閻魔大王、美しいですっ!!　この世のものとは思えませんっ、ああどうしてこの美貌を写真に収められないのかっ。俺の目に焼きつけることができればっ」

閻魔大王の顔に見蕩れてひっくり返った声で騒いでいると、「佑真……？」と後ろから蓮の不満げな声がした。

「蓮、すまん。蓮も推しだが、閻魔大王も俺の推しなんだ！　推しへの愛は半分になっていないから安心してくれ！　二倍に増えているだけだからっ」

閻魔大王の顔に目が釘付けになりながら、佑真は蓮への言い訳を口にした。いつまでも尊い素顔を見ていたかったが、閻魔大王は笑いながらアイマスクをしてしまう。

「其方がいないと物足りぬなぁ」

小首をかしげて言われ、佑真は胸にじんと熱いものが広がるのを感じていた。

◆8　七星荘へ

すべての記憶が戻った佑真は、人間界へ戻る決意をした。

佑真がかくりよを去るという報せはあっという間に周囲に広まり、たくさんの妖怪たちが「行かないでくれ、もう食べられないなんて」と佑真にすがった。特に冷泉は一緒に働いていた佑真がいなくなることで絶望した。

「俺はこれからどうすれば……」

途方に暮れた表情で嘆く冷泉に、佑真は肩を叩いた。

「俺がいなくてもやっていけるだろ。自信持って」

佑真が去った後も、冷泉は閻魔大王の屋敷で働けるようにしてもらった。もともと閻魔大王は食べなくても問題ないので、料理人を置いていなかったのだ。冷泉はここに残って客人からリクエストがあったら料理を作る仕事を任された。

「佑真さん、本当に帰っちゃうんですか？　店を出すって夢はどうするんですか？」

未練がましく冷泉に引き留められたが、佑真は帰る決意を変えなかった。何よりも長い間会えていなかった息子の颯馬が大事だった。今はここに残って自分の仕事を追求することよりも、息子との時間を作るべきだと。

「ごめんな、冷泉。でも夢はいつか叶えるよ」

佑真は冷泉に耳打ちして、ちらりと後ろにいた蓮を振り返った。蓮は妖怪の里が好きではないから、佑真がいずれここに店を持ちたいと言ったら大反対するだろう。今は言うべきではないと思い、冷泉を抱きしめた。

閻魔大王から借りた羅刹鳥に運ばれて、佑真はその日の夜、うつしよの世界へ戻った。

久しぶりに見る七星荘は、灯籠《とうろう》の明かりに照らされている。長い時をかくりよで過ごしたので、何だか奇妙な気分だ。

「ただいま」

蓮と一緒に正面玄関を開けると、奥から慌ただしい足取りで蓮の母親である女将と蓮の姉の都、そして女将に抱かれた颯馬がやってきた。

「佑真!!」

女将と都は記憶を取り戻したらしく、佑真の姿に声を揃えている。女将の腕にいた颯馬はびっくり眼で固まっていて、佑真は何故か涙がどっとあふれ出た。

「えーっ、何でアタシはあんたのことを忘れていたんだい！　あー信じられないよ！」

女将は風呂から上がって寝る前だったらしく、長い髪を後ろで結び、ピンクのパジャマ姿だ。

「佑真君、もしかしてずっと妖怪の里にいたの⁉　うっそぉ！　閻魔大王が泊まりに来た日から記憶がないっ。怖いっ」

都はスエットの上下姿で、最後に見た時より髪が伸びて胸の辺りまである。

「颯馬……っ」

佑真は女将と都への挨拶よりも、颯馬に触れたくて、涙目で手を伸ばした。颯馬は佑真の顔を覚えていないのか、ひたすらぽかんとしている。

「颯馬、お前のママだよ」

蓮が女将の手から颯馬を抱き上げ、照れくさそうに言う。颯馬は蓮と佑真を交互に見やり、「ママ……？」と首をかしげた。蓮から手渡され、佑真は颯馬を抱きしめた。颯馬は最初戸惑うように身体を硬くしたが、佑真が泣いているのに気づき、小さな手を上げた。

「どっか、いたい……？」

颯馬が佑真の頭をそっと撫でる。颯馬がしゃべれることに驚き、佑真は「うぐ、うぐ」と涙を堪えつつ颯馬を抱きしめた。

最後に抱いた時と、重みがまるで違う。身長もすごく伸びて、顔立ちもはっきりしてきた。自分は颯馬との大切な時間を失ってしまったと激しい後悔に襲われた。それと同時に、ここまで元気に育ててくれた蓮と、家族に感謝の念が高まった。

「大丈夫。颯馬に会えたから」

佑真が目元を拭って言うと、颯馬がにこっと笑った。

「うう、イケメン……っ」

幼いながらも颯馬は将来イケメンになりそうな整った顔の子どもだった。嬉しさと面影を感じて懐かしさで涙腺が崩壊する。

「一体、何がどうなって……。とりあえず、上がっておくれ」

女将はまだ混乱の最中で、玄関先で涙の再会をしている佑真を手招きする。佑真は颯馬を抱きしめたまま、靴を脱ぎ、中へ上がった。自分の記憶がなくなっていたので、自分の部屋も消えたかと思ったが、驚いたことに出ていった時のまま、何もかも残されていた。

「そういえば、あの部屋……、何故か入る気になれなくて、あるのは分かってたのに、深く考えることをしていなかった」

女将と都はつい数刻前に記憶が戻ったそうで、改めておかしな点にいくつも気づき始めた。閻魔大王の能力はすさまじく、佑真に関する記憶に触れるものは、無意識のうちに目を背けるようになっていたらしい。残しておいた私物も全部あったし、大切な写真集も保管場所にあった。

佑真たちはバックヤードに行き、テーブルを囲んでこれまでの経緯を語った。

女将と都は目を白黒させて佑真の話を聞いていた。特に佑真が閻魔大王の料理人になって妖怪の里に馴染んでいたことが脅威だったらしい。

「信じられない……。うちの嫁、怖いじゃないか……」

女将は佑真がかくりよをエンジョイしていたのが恐怖らしく、今までとは違った目つきで佑真を見るようになった。

「いやぁ、けっこうお金も貯まったんですよ。これはどこかにしまっておこう」

佑真は妖怪の里から持って帰った大量の銭の入った袋を見せ、女将と都の度肝を抜いた。

「佑真君って、ホントどこでも生きていけるわね！　人間かどうか疑いたくなってきたわ」

都は妖怪の里から持ち帰った私物を眺め、背筋を震わせている。佑真は自分がいない間のことを知りたくて、都へ目を向けた。

「あのー、都さんは大和さんとは……？」

こんな夜遅くに七星荘にいるということは、恋人である大和と結婚していないかもしれないと思い、おそるおそる尋ねた。

「つき合ってるわよ。……結婚はまだです！　向こうの両親が許してくれないの！」

佑真の眇《すが》めた目つきに頰を膨らませ、都が先に言う。まだ結婚していなかったのかと佑真は呆れた。両親の許しなんて待っていたら、おばあちゃんになってしまう。

「懐かしいなぁ、大和さん。俺にとっては七年前の出来事なんですよね。ちょっとした浦島太郎《うらしまたろう》気分です。閻魔大王曰く、外見が老けることはないそうなので、見た目は変わらないかもしれませんが。都さん、俺も協力するから、好きな人と一緒になって下さい」

こっちの世界では一年半だとしても、佑真の中では七年経っているのだ。未だに進展のない義姉たちに呆れ、ここはひと肌脱ごうと、腕をまくった。

「そ、そうね……。佑真君の得体の知れない力があれば、向こうの両親を説き伏せられそう……」

都も女将と同じく、佑真を恐れるような態度だ。

「一度寝たら起きてこないから今はいないけど、岡山さんも元気だから」

蓮が思い出したように言う。調理担当の岡山は、杖なしでは歩けないくらいの老人だ。住み込みで働いているのだが、毎日午後九時には就寝してしまう。

「そうなんだ……。ずいぶん長い間留守にしていましたが、またここでやっていくんで、よろしくお願いします」

佑真は膝に颯馬を乗せたまま、深く頭を下げた。

すると、背後に気配があって、振り向くとおかっぱ頭の小さい着物姿の女の子がいる。座敷童の『わー子』だ。

『佑真が帰ってきたの』

嬉しそうに顔をほころばせ、わー子が近づいてくる。颯馬はわー子に手を振るしぐさをしている。どうやらこの息子は妖怪が視えるらしい。

「おかえり、佑真」

蓮が微笑んで佑真を抱きしめる。佑真は蓮にもたれかかり、笑顔で自分を見つめる家族を見返した。

翌朝起きてきた岡山は、佑真の顔を見るなり記憶を取り戻した。妖怪の里にいたと言うと、びっくり仰天している。騒がしさが落ち着いて、佑真はまた七星荘で働き始めた。

佑真の仕事は岡山の助手で、甘味担当だ。七星荘では最近あまり甘味を出していなかったらしく、佑真への期待も高まった。

颯馬とは驚くくらいすぐに打ち解けられた。何よりも、佑真が作ったご飯を美味しそうに食べるのが蓮たちには驚きの出来事だったらしい。偏食気味で食に興味がなかった颯馬は、何故か佑真の手料理が口に合ったらしく、何を作っても「うまうま」と食べてくれる。内心その食べっぷりが妖怪たちに似ていて、ひそかな不安も生んだが、胃袋をがっちり摑んだ佑真に颯馬はすぐに懐いてくれた。

七星荘での仕事も順調だった。

少し変化があったといえば、七星荘に来る泊まり客に、時々知り合いがいることだろう。妖怪たちは佑真に再会して『久しぶりだなぁ』と顔をほころばせた。彼らは佑真の作る料理を好み、それらを喜んで食して帰っていった。泊まりに来た妖怪が戻って佑真の話をしたらしく、口コミでさらに七星荘は人気になった。

七星荘で三カ月も過ごした頃、佑真は大きく体調を崩した。

「佑真、今すぐ病院へ行こう」

風邪をひいて身体がだるくて仕方ない佑真を、蓮は真剣な面持ちで車に乗せた。てっきり総合病院へ連れていってくれるのかと思ったが、蓮が運んだ先は、産婦人科だった。

「妊娠三カ月ですね」

症状を診た医師にそう言われ、佑真はあんぐりと口を開けて蓮を振り返った。診療室の椅子に座っていた佑真は、隣に立っていた蓮がガッツポーズをしたのを見逃さなかった。

「佑真！　二人目だよ！　嬉しいな！」

蓮はあらかじめ想定していたのか、佑真を抱きしめて満面の笑みだ。言われてみると、シュヤーマの家であれほど中出しされたのだ。妊娠するに決まってる。自分の不調の原因が分かり、佑真は戸惑いを隠しきれなかった。蓮との二人目の子どもができる。もちろん嬉しいが、心配もたくさんある。

「姉さんの結婚も決まったし、いい話ばっかりだね」

帰りの車の中、蓮はずっと上機嫌だった。そうなのだ。つい先日、佑真は女将と都、蓮を引き連れて大和の家に押しかけ、二人の仲を認めてほしいという話をしてきた。大和の両親は都が年上なことも気になっていたようだが、それよりも山の奥に旅館を持つ得体の知れない親子に不信感を抱いていた。だから、彼らがふつうの家族であることを訴えたのだ。佑真はふつうの家庭で育ったため、彼らの疑問や疑惑に分かりやすい言葉で説明した。もちろん妖怪専門宿というのは表立って言えなかったので、代わりに会員制の宿だと話しておいた。

最終的には大和が、男を見せた。

「俺、都さん以外は考えられないから！　これ以上反対するなら、駆け落ちする覚悟がある！」

大和が決意を込めてそう言うと、それまで頑なだった両親もしぶしぶ二人の仲を認めてくれた。都が嬉し泣きをして、佑真と蓮は胸を撫で下ろした。

両親の気が変わらないうちにと、大和と都はその日、役所に駆け込んで婚姻届を出した。これで晴れて二人は夫婦になった。住むところや仕事のことはこれからゆっくり考えようと、二人で夜の街へ消えていった。

都の件が落ち着いて、佑真は肩の荷が下りた気分だった。大和を仲介したのが自分なので、都には幸せになってほしかったのだ。

その気の弛みから体調を崩したとばかり思っていたが……。

「結婚式、大丈夫かなぁ」

車の窓から前方を眺め、佑真は呟いた。都たちの結婚式が思ったよりも早い来月に行われるのを思い出したのだ。上手い具合に結婚式場に空きが出たそうで、都は六月の花嫁になることになった。来月ではまだ安定期に入っていないので、式場で粗相《そそう》をしないか心配だ。颯馬も二歳で暴れる可能性もあるし、不安は尽きない。

「大丈夫だよ。フォローするから。式場関係者にも言っておくし。別に式に出なくてもいいくらいだしね」

蓮はあまり心配していないのか、のんきなものだ。

車は細い山道をぐいぐい進んでいく。ガードレールもない荒れた道を4WD車で進むたび、佑真は怖くなる。

「佑真ってふだんは怖いもの知らずって感じなのに、車に乗ってる時だけ怯えてるよね」

ハンドルを握りながら蓮に笑われ、佑真はお腹をさすってため息をこぼした。

「そうだな。俺は車が苦手かもしれない。ペーパードライバーだし、何よりもこんな道に平気でアクセルを踏めるお前を尊敬している」

佑真が心の底から言うと、蓮はおかしそうに笑いだす。蓮は笑っているが、一歩踏み外せば崖になっている道なのだ。ふつう減速して進むものではないのか。

「胎教に悪いなぁー」

佑真がとぼけた声で言うと、蓮の笑いが引っ込み、やっとスピードを弛めてくれた。蓮は少しスピード狂の気がある。運転には自信があって、峠に来るとガンガン攻め始めるのだ。

「うん、これくらいの速度で走ってくれよ。あまり速いと、吐くかもしれん」

佑真も安心できる速度になり、ホッとして言った。着くのが遅くなると言って、いつも猛スピードで走るのだ。

「ビニール袋ならそこにあるから、いつでも吐いて」

冗談で言ったが真顔で返され、佑真は「はい……」とうつむいた。ふだんから蓮は優しいが、身重と知ってよりいっそう優しくなっている。優しさの権化といっていいだろう。こんな性格よしのイケメンとつき合えて本当に自分は運がいい。

そう思いつつも、車窓から外の景色を眺め、佑真はかくりよの街を思い出していた。

何故だろう。時々、妖怪の里の景色が懐かしく思えて仕方ない。冷泉や虎狼隊の皆は元気かとか、閻魔大王や龍我、シュヤーマやシャバラはどうしているだろうと考えてしまう。簡単に行き来できる場所ではないが、いつかまた会いに行きたいと思っていた。

「佑真、また遠い目してる」

妖怪の里を思い出していると、蓮が目ざとく勘づいて不機嫌な声を出した。

蓮は佑真が彼らのことを懐かしがっているのが嫌なようだ。佑真がまた妖怪の里へ行くと言いだすのではないかと気が気ではないのだろう。

「ごめん。高知の景色って、あっちに似てるからさ」

佑真は苦笑して運転席に顔を向けた。

そうなのだ。都会に暮らしていれば思い出す機会も減ると思うが、高知の山奥の景色は妖怪の里に通じるものがある。茂みの陰からひょっこり妖怪が顔を出しそうで、つい思いを馳せてしまう。

「今は子どものことを考えて」

蓮に硬い声音で言われ、佑真は小首をかしげたが、すぐに気がついた。蓮の上機嫌が消えたのは、佑真が妖怪の里を懐かしんでいるせいだと分かったのだ。二人目の子どもができてもちろん嬉しいだろうが、蓮にとっては佑真をこの世界に繋ぎ止めるものに思えたのかもしれない。

「大丈夫だよ。今度はいきなり消えたりしないから」

佑真は安心させるように微笑んだ。わずかに蓮の表情が和らいだが、しばらく会話が途絶えた。ちらちらと蓮は運転の傍ら、佑真の様子を窺っている。言いたいことがあるなら言えばいいのにと思い、佑真は「ガム食べる？」と話を振ってみた。蓮が食べると言うので、ペパーミントのチューインガムを一つ蓮の口の中に放り込んだ。やっと蓮の口が開く。

「佑真、閻魔大王に会いたいとか思ってない？」

思わぬ方向から責められ、佑真は戸惑いを露わに運転席を振り返った。蓮の瞳に不安感があるのを悟り、佑真はおかしくなって表情を弛めた。

「笑い事じゃないよ。佑真が閻魔大王を推しって言ってたの、覚えてるからね」

拗ねた口調で言われ、佑真は自分もガムを口にした。

「仕方ないじゃないか。閻魔大王はものすっごくイケメンなんだぞ？　お前は恐れているが、素顔を見たらきっと俺と同じ気持ちになるはず……。それはそれは尊いお顔なのだ。美しさに知性とカリスマ性を兼ね備え、見る者を魅了する……」

佑真が閻魔大王の顔を思い返してうっとりして言うと、面白くなさそうに蓮の手が佑真の頭を小突いた。

「俺よりも好きなの？　さんざん俺を推しだって言ったくせに」

不機嫌そうな蓮の声に、佑真はにやりとした。

「馬鹿だな。俺の推しはそう簡単に変わらないよ。毎朝起きるたびに蓮の美貌を拝めて、生きてよかったと心から思っているんだぞ。まぁ、あれだ。閻魔大王は見逃してくれ。冥界神《めいかいしん》だし、神様枠だから嫉妬の対象にならないだろ？　それにしても神様と張り合えるくらいの美貌を持ってる蓮ってすごいよなぁ。人類の宝じゃないか？」

蓮を誉め称えて機嫌を直そうとしたが、そんな表向きの言葉では蓮の同意は得られなかった。佑真としては本心から言っているのだが、理解が難しいのだそうだ。

「俺はいつも不安だよ」

日の落ちた山道を見やり、蓮が呟く。

「佑真は妖怪に好かれすぎてるよ。そのもっとも困った相手が閻魔大王だよ。あんな恐ろしい相手と張り合わなきゃいけない俺の身にもなって」

運転しつつ蓮がぶつぶつ文句を言っている。別に閻魔大王は佑真を恋愛的な意味で好きではないと思うが、蓮の立場からすると気になるのだろう。閻魔大王と闘う蓮も格好良さそうなので見てみたい気はするが……。

「お腹の子が生まれたら、また印をもらいに行かなきゃなぁ」

ふと思いだして佑真が言うと、すっかり忘れていたのか蓮が絶望的な表情でため息をこぼした。

颯馬と佑真の印をもらいに行く旅は、時々話のネタに上がるほど珍道中になっている。お腹の子の時はどうなるだろう？　想像すると楽しい気分になって笑みがこぼれた。

「あー。最悪だよ、もう……」

蓮はうんざりした様子で未来を嘆いている。

佑真は車に揺られながら、やがて来る日々に思いを馳せた。

◆9　妖怪の里リピート

三月上旬、ある晴れた日の朝、佑真は突然思い出した。

「あーっ‼　今日！　妖怪の里へ行く日じゃないか⁉」

朝食のサンドイッチを食べている途中で大声を上げた佑真に、家族全員が固まる。佑真がいたのはリビングのダイニングテーブルが置かれた一角で、テーブルには蓮と息子の颯馬、娘の妃和《ひな》が座っていた。

七星荘から少し離れた平地に、一戸建てを建てたのが三年前だ。嫌がる女将を必死に説き伏せ、夢のマイホームを手に入れた。日当たりのいい広いリビングはキッチンと繋がっていて、佑真のお気に入りだ。システムキッチンには食洗機を備え付け、大きめのオーブンや炊飯器が置かれた棚がある。リビングは白を基調としていて、テレビの前の大きなソファやラグはアイボリーだ。今日は天気もいいし、家族で高知駅まで遊びに行こうかと話していた。その朝食中に、佑真は重要な記憶を取り戻した。

そう、今日こそは、颯馬が妖怪の里へ行く日なのだ。

十年前の今日、佑真と蓮は幼子の颯馬に印を与えてもらうために妖怪の里へ向かった。思い出すとつい笑みがこぼれる珍道中――あれからいろいろなことが起こり、あわや家族は引き離されるかと思われた。けれど今は、こうして四人楽しく暮らしている。

十歳になった颯馬と七歳の妹の妃和は片道一時間かかる小学校に通い、蓮と佑真は七星荘で働いている。岡山は年齢のこともあり、数年前に引退した。今は調理免許を取った佑真が、七星荘の料理人だ。

女将さんも相変わらず元気だし、義姉の都も七星荘で働いている。八年前に結婚した大和と都には、一人息子が生まれた。以前は実家の仕事を手伝っていた大和だが、今は起業して農家を主体とした会社の社長だ。最近はほとんど七星荘に来ることはなく、都とは別居状態みたいになっている。

「とうとう！　僕、妖怪の里に行ける⁉」

サンドイッチを頬張っていた颯馬が、椅子から飛び上がって歓喜の声を上げた。颯馬は小学校でも神童といわれるほど文武両道に秀でた素晴らしい息子だ。くりっとした大きな目に、甘い顔立ち、将来長身になりそうな成長具合で、先月のバレンタインデーでは段ボール箱いっぱいに詰まったチョコを持って帰ってきた。小学校で行われた検査でアルファだというのも分かっているし、佑真の実家へ一緒に行った時は、芸能界へのスカウトがすごかった。

輝かしい未来を約束された逸材――のはずだが、佑真の子どもなだけあって、変なものに興味がある。寝物語に妖怪の里の話を聞かせていたのがまずかったのか、すっかり妖怪の里に対する好奇心でいっぱいになってしまった。これについては蓮からも毎度文句を言われるのだが、佑真にとってはいい出来事しかなかったので、語る話もそうなるのは致し方ない。

「いいなぁ、お兄ちゃん。あたしも行きたいっ」

ヨーグルトをスプーンですくっていた妃和は、つまらなそうに言う。颯馬と同じくアルファだと判別された妃和も、小学校では有名な子どもだ。見た目も完璧な美少女で、教師陣や生徒から一目置かれているのだが、何故か異様なほど生物学に精通していて、小学校低学年なのにすでに新種の昆虫をいくつか発見している奇跡の子だ。

妃和にも寝物語で妖怪について聞かせたせいか、妖怪の里に対する憧れが刻み込まれてしまった。

「そんな気軽に行きたくなるような場所じゃないから。妃和はそもそも行ってるしね」

苦虫を噛みつぶしたような顔で子どもたちを窘めているのが蓮だ。あれから八年の月日が経ったが、蓮の美貌は衰えていない。むしろ年齢を重ね、大人の色気が加わった。毎朝佑真が見蕩れるくらい、蓮はかっこよさを保っている。

「そうだな、妃和の時は俺が一緒だったからな」

妃和と一緒に妖怪の里へ行った日を思い返し、佑真は微笑んだ。颯馬の時は赤子と十年後の颯馬を入れ替えるという離れ業をしたものだが、妃和の時は閻魔大王が羅刹鳥を手配してくれたので、佑真と妃和の二人で出かけたのだ。佑真自身が妖怪の里にくわしくなっていたので、蓮には颯馬の面倒を見てもらうため留守番にした。

「ばぶばぶしか言えなかった時だもん。覚えてるわけないじゃん」

妃和は不満そうに柔らかいほっぺを膨らませる。

「急いで支度をしなけりゃな。颯馬、どのバッグで行く？　蓮、何時頃出たんだっけ？　夕方ごろだったのは覚えてるんだけど」

朝食を急いで食べ終え、佑真は慌ただしく颯馬の旅行の準備を始めた。十年前の記憶なので、細かい部分がうろ覚えだ。日記でもつけておけばよかったと後悔した。

「佑ちゃん、僕このリュックで行く」

颯馬がクローゼットの奥から取り出したのは、見覚えのあるくすんだ青色のリュックサックだった。そういえばこんなリュックサックを背負っていたと蓮と笑い合った。ちなみに母さんやママと呼ばれるのは違和感があったので、子どもたちには佑ちゃんと呼ばせている。

「ねぇ、新しい靴履いていい⁉」

ハイテンションになっている颯馬は、食事の途中で靴箱から箱に入ったままのスニーカーを持ってきて騒いだ。

「いいぞ。紐通しておかないと」

先日買った靴を改めて見て、佑真はどんどん記憶が蘇るのを思い出した。

「新しい靴履くの？　すぐ真っ黒になるぞ？」

蓮が何かを思い出して言う。確か泥田坊との闘いで、颯馬の新しいスニーカーは泥で汚れた。せっかく新しい靴なのに嫌ではないかと思ったが、颯馬は気にしないそうだ。

「いいの、帰ったら洗うから」

颯馬は新しいスニーカーに紐を通して浮かれた口調だ。

「なぁ、蓮。何時頃だっけ？　颯馬が入れ替わったの」

「確か四時前だったよ。そんなに焦ることないだろ」

蓮が新聞紙を広げて言う。食後のコーヒーを優雅に飲む姿が素敵だったので、つい作業の手を止めて写真を撮った。

「颯馬、いいか。十年前の俺に会うに当たって、前々から話していたことを繰り返すぞ」

白いシャツに半ズボン、白い靴下を履いた颯馬の前に膝をつき、佑真は真剣な目で見つめて言った。

「十年前の俺に会ったら、まずどうする⁉」

「はい！　十年前の佑ちゃんに会ったら敬語を使います！」

颯馬がぴしっと背筋を伸ばし、敬礼して言う。

「よし、次」

「十年前の佑ちゃんに会ったら、全力で守ります！」

さらに声を上げ、颯馬が胸を叩く。

「素晴らしい、次」

「佑ちゃんの作ったご飯をしっかり食べます！」

手を後ろに回し、きりっとした顔で颯馬が述べる。

「くっ、完璧だ。何も言うことはないな」

よく調教された我が息子に感涙し、佑真は目元を押さえた。

「どこが完璧？　自分の萌えのために、ずっと教え込んでいたの？　間違いだらけだろ。そんなことより、もっと大切な話をすべき」

呆れたような目つきで蓮が腰を上げ、颯馬のほうに近づいてくる。

「いいかい、颯馬。妖怪には気を許すなよ。彼らは本当に怖いんだから。正体が分かるまで、うかつに触れたら駄目だよ。佑真は例外中の例外だからね。あとどうにかして、その後、俺と佑真が離れるのを阻止してくれないか？　過去は変えられないと分かっているけど、ワンチャンあるかもしれないし」

颯馬の小さな肩を抱き、蓮が耳打ちする。朝食を食べ終えた妃和が椅子から下りて、颯馬のリュックサックの中を覗き込む。

「父さん、下手に過去を変えると現実に思わぬ影響を及ぼすかもしれないよ？　佑ちゃんが長い間妖怪の里にいたことを悔やんでいるのは分かってるけど、もう諦めたら？」

颯馬はけらけら笑っている。蓮は颯馬に何を話しているのか。

「うちの息子が可愛くないんだが」

蓮がむすっとした顔で佑真に告げ口する。

「ふふ。大人びた感じもいいなぁ。颯馬のイケメンぶりに妖怪たちもノックアウト間違いなしだろ。あっ、待てよ」

重要な事実を思い返し、佑真はハッとした。

「颯馬が十年前に行くってことは、十年前の颯馬がここに来るってことじゃ⁉」

佑真が驚愕して叫ぶと、蓮も固まった。十年前の颯馬——つまり、赤ちゃんだ。

「えっ、おむつなんてないよ？　ご飯って何食べてた？　ミルク？　離乳食？」

蓮も事態の重さに気づいてうろたえだす。子どもはとっくに小学校に上がっているのだ。おむつの予備なんてあるわけない。

「えーっ、多分……百日参《ももかまい》りのあとの出来事だったよな？　ってことは離乳食だろ。やばい、急いで何か用意しないと」

佑真が冷蔵庫に走って食材を吟味すると、妃和が目をきらきらさせて蓮に抱きついた。

「赤ちゃんが来るの？　颯馬お兄ちゃんの子どもの頃だよね？」

妃和は女の子なので、赤ちゃんが来ると知り、はしゃいでいる。

「僕を大事に扱えよな」

颯馬は兄の威厳を見せようと、腕を組んで妃和に言い聞かせた。妃和はべーっと舌を出して、「お兄ちゃんの恥ずかしい写真撮ろうっと」と笑っている。

「おむつどうしようか。とりあえず、布でおむつになりそうなのを見繕ってくる。あっ、ひょっとして七星荘の備品であるかも？　ちょっと行ってくる」

蓮が思いついて、ばたばたと出ていった。七星荘は旅館なので、万が一に備えてある程度の備品を置いているのだ。今日は宿の定休日で、女将も温泉旅行に出かけて不在だ。佑真が離乳食作りに励んでいると、十五分ほどして蓮が紙おむつを手に戻ってきた。

「危なかった、残ってた。確かいても二日くらいだよね？　これだけあれば足りるかなぁ？　ミルクも少し残ってた」

蓮は予備の紙おむつを佑真に見せて、不安そうだ。十年前の育児なので、すっかり忘れている。

「足りなかったら布で何とかおむつを作るから。それより赤ちゃんってどれくらい食べるんだっけ？　あの頃の颯馬って、好き嫌いあった？」

記憶力はいいほうだと思うが、十年前の出来事なので自信がない。本人に聞いても覚えているわけがないので、おぼろげな記憶を頼りに離乳食を作った。

家族で遊びに行くどころではなくなったので、急いであらゆる準備をした。時計の針が刻一刻と入れ替わりの時間に近づいていく。何か言い忘れたことがないかと蓮と顔を突き合わせ、薄れていた記憶を蘇らせた。

「天邪鬼に会ったら、反対のことを言えって教えようか?」

ふと思い出したように蓮が低い声で佑真に囁いた。

天邪鬼――そうだ、温泉に入っていた時に、天邪鬼と出会い、蓮は嘘つきと嘘つきじゃない者を見破る力を失ったのだ。あれのせいで、佑真は不安になり、その後に起きた一連の出来事を招いた。

「いや……。いいよ、それは」

佑真は微笑んで首を横に振った。確かに蓮の能力が失われた後、佑真は自分が不要ではないかと思い込んだ。けれどそのおかげで、今はこうして確かな愛を育めたのだ。もしあそこで蓮の能力が残ったままだったら、佑真は未だにある種の不安感を抱えていたかもしれない。

「佑真……」

蓮がふっと笑みをこぼし、佑真の頬にキスをする。

「あーまたイチャイチャしてるぅ」

妃和がからかうように目元を手で隠す。幼いながらも女の子はおませで、佑真と蓮がくっついているとよくからかってくる。

「両親が仲いいと幸せだろ?」

佑真がにやりとして言うと、颯馬と妃和が同時に笑った。幸せな雰囲気の最中、それは突然訪れた。

目の前にいた颯馬がふっと消え、代わりに佑真の腕に、ずっしりとした重みがのし掛かったのだ。

「ひぃぃぃ！　赤ん坊っ！」

来ると分かっていたのに、いきなり腕の中に生後百日程度の赤ちゃんが現れたのだ。悲鳴を上げて佑真は右往左往して、蓮の腕に押しつけた。とたんに赤ちゃんが顔を真っ赤にして泣きだし、妃和が「うるさぁい！」とジャンプした。

「えっ、こんな小さかったっけ？　すごい怖いんだけど。やばい、二日ちゃんとお世話できるかな？」

蓮は赤ん坊をあやしつつ、途方に暮れている。妃和は蓮の腕にいる颯馬を覗き込み、柔らかい頬を突いている。

「お父さん、あたしも抱っこしたぁい！」

妃和は興奮して地団駄を踏んでいる。赤ん坊が泣きやんだ段階で蓮がそっと妃和の腕に、赤ん坊を手渡す。

「絶対落としちゃ駄目だよ？　お腹空いてるのかな？　おむつ、濡れてない？」

妃和の腕に抱かれる赤ん坊をおっかなびっくり眺め、蓮が佑真を窺う。

「っていうか、この時期って一日三食だっけ？　ぜんぜん思い出せない。やっぱ途中で消えたせいだな。とりあえず、離乳食食べさせてみる？」

キッチンから持ってきた離乳食を差し出し、佑真は蓮と妃和を交互に見つめた。離乳食は大根と白菜、鮭の入ったおじやにした。妃和があげたいと言うので、佑真が赤ん坊を抱きかかえ、食べやすいように起こした。

「あっ、食べてる、食べてる」

スプーンで離乳食をすくって赤ん坊の口元へ持っていくと、少し考え込んだ末に、赤ん坊がもぐもぐと食べ始めた。妃和はお姉さんみたいなすまし顔で、せっせと赤ん坊に食事を与える。微笑ましい姿に蓮と笑いが漏れ、温かな空気が流れた。一応ミルクも用意したが、離乳食で大丈夫そうだ。

何だか赤ん坊の颯馬を見ていたら、いろんな感情が蘇ってきた。こうして家族で一緒にいると、自分はひどく幸せを感じる。流れる空気の柔らかさや温かさに、時々涙が出そうになるくらいだ。一緒に過ごしてきた時間が、とてつもなく大切なものだったと今の自分には分かった。

「蓮、今は俺の気持ち、疑ってないよな？」

幼い颯馬を抱っこしている蓮に寄り添い、佑真は囁いた。妖怪の里から戻ってきた当初、蓮は佑真がまたいなくなるのではないかと不安そうだった。推しへの愛は毎日のように語っていたのに、それでは蓮の気持ちを安定させられなかったのだ。

昔、閻魔大王が蓮の顔を傷つけようかと言ったことがある。

もちろん本気ではなかっただろうが、あの時は恐ろしさに震えたものだ。あの問いはずっと佑真の心の中に残っていた。自分は蓮の顔が醜くなったら興味を失うのだろうか、恋情を失うのだろうかと。

けれどこうして一緒に同じ時間を過ごし、同じ空気を感じていると分かる。ここには愛がある。しっかりとした確かな愛が。断言できるが、たとえ蓮の顔が醜くなっても、蓮に対する愛情が消えることはない。

「何、突然。疑ってないよ。君には俺しかいないし、俺にも君しかいない」

蓮が照れくさそうな表情で微笑み、佑真の額にキスをする。

「もぉー、いちゃいちゃ禁止！」

蓮の足元にいた妃和が蓮の背中を小さな手で叩いている。佑真は蓮と一緒に笑いだし、それにつられてか、幼い颯馬もきゃっきゃと笑いだした。

「向こうの颯馬は、大丈夫かな？」

いなくなった颯馬を案じ、蓮が吐息をこぼす。

「きっと楽しんでいるよ」

在りし日の光景が脳裏に浮かび、佑真は人知れず笑みをこぼしていた。


その日は一日中、赤ちゃんの相手で大変だった。特に妃和は自分が母親になった気分で幼い颯馬の面倒を見てくれた。

ふだんは子ども部屋で寝る妃和だが、赤ちゃんと一緒に寝たいというので、一階の客間に布団を敷いて皆で一緒に寝ることにした。妃和は赤ん坊の横に寝転がり、つたない歌声で子守歌を歌い、寝かしつけている。子どもを挟んで川の字で眠り、夜中に何度か夜泣きで起こされた。赤ん坊の世話は何もかもが懐かしく、微笑ましいものだった。毎日やるとなればストレスにもなるが、幼い颯馬がここにいるのはせいぜい二日程度だ。

翌日は赤ん坊の面倒を見たがる妃和を無理矢理学校へ行かせ、佑真は幼い颯馬を抱っこして七星荘へ出勤した。

「んまぁーっ、颯馬が赤ちゃんに？　何で教えてくれなかったのさ！　知ってたらアタシも押しかけたのにっ。こんな時に限って、温泉旅行なんてっ」

スーツケースを引きずってワンピース姿で温泉旅行から帰ってきた女将が、佑真が抱っこする幼い颯馬を見て悔しがった。女将は大和の両親と親戚づき合いをするうちに大和の母親と仲良くなり、今ではカラオケ仲間としてよく旅行に出かけている。友達なんていらないとうそぶいていた女将だが、案外友達を欲していたと知った。妖怪専門宿を営んでいるのもあって、昔から友人ができなかったそうだ。問題は宿より、女将の性格では？　と佑真が言うと、憤怒の表情で睨まれた。

「あ、じゃあ抱っこしてもらえますか？」

明日の仕込みをしたかった佑真は赤ん坊の颯馬を女将に手渡した。女将は愛しげに幼い颯馬を抱きかかえ、「可愛いねぇ。この頃はまだこんなに軽かったのかい」と話しかけている。

七星荘は安定した経営状態を保っている。予約は一年先まで埋まっているし、訪れる妖怪とのトラブルもない。昨日と今日は年に数度ある定休日で、佑真は明日の料理の仕込みだけ終えたら家に戻る予定だった。

「ただいま。妃和が学校さぼりたいってうるさかった。颯馬の担任には、風邪だって説明しておいた」

妃和を小学校まで送り届けてきた蓮が戻ってきたのは、午前十時頃だった。バックヤードに入ってきた蓮は、女将の腕の中で眠る颯馬を確認して、微笑んでいる。

「ちょっと館内見てくるね」

今日は休みだが、蓮はそう言って設備のチェックに向かった。休みの日とはいえ、やはり気になって佑真も蓮もよく七星荘に来てしまう。佑真は厨房の大きな鍋で小豆を煮ながら、遊びに来たわー子に残っていた煎餅《せんべい》をあげた。

昼食用に蕎麦を茹でて、簡単なサラダを作って女将と蓮と一緒に食べた。幼い颯馬には、家で作ってきた離乳食を食べさせた。今日ももりもりと食べてくれて、ホッと一安心だ。

蕎麦を食べ終えて、女将の旅行先での話を聞いていた時、どこか思い詰めた表情の都がバックヤードに入ってきた。

「あれ、都さん。今日は休みですけど？」

都はだぼだぼのカーディガンにロングスカート姿で、長い髪を一つに束ねている。都は小さい颯馬にびっくりして、そして何故か泣きだしてしまった。

「ど、どうしたのさ、何なの、一体」

気の強い都が泣きだしたので、女将がおろおろして颯馬を抱えながら駆け寄る。ただごとではない雰囲気に、佑真も蓮と顔を見合わせた。

「ごめん、何か十年前のこと思い出しちゃって」

幼い颯馬を見つめ涙を滲ませる都に、佑真はドキドキして蓮の袖を引っ張った。都と大和の距離が離れつつあるのを、佑真も蓮も危惧していた。二人の家は山を下りたところにあるのだが、互いの職場の距離が遠いのもあって、同じ時間を共有できていないのだ。特に大和は起業した会社にかかりきりで、夜遅くに家に帰る始末だ。都のほうも七星荘が辺鄙な場所にあるので、毎日車で通っているものの、家に着くのは遅くなる。一人息子の一世《いっせい》が寂しい思いをしていないかと佑真はひそかに心配していた。

「あの時はよかったなぁ……。大和君と危ない目に遭ったけど、心が通じ合ってた気がする」

都は女将から幼い颯馬を受け取り、涙目で呟く。

「皆に聞いて欲しいことがあるの」

思い詰めた口調で都が佑真たちを見回す。まさか離婚するとか言いださないだろうなと、佑真たちは固唾を呑んだ。一人息子の一世を家に残してくるくらいだ。息子には聞かせられない話だろうと推測した。

「……いつかこんな日が来ると思っていたよ」

女将がふーっと重苦しい息を吐き出す。

「だからアタシはあの男との結婚を反対したのさ！　あいつは信用ならないって言っただろ！　まぁあいつの両親はいい人だけど……、あいつの黒い顔を見れば分かるのさ。はいはい、もう離婚しな！　あんたは一世とこっちに戻って住み込みで働けばいいだろ！」

女将が目尻を吊り上げてまくしたてる。都の涙が引っ込み、目をくわっとさせて、身を乗り出す。

「大和君の悪口言わないでよ！　大和君はいい旦那さんなんだからぁ！　誰が離婚するって言った⁉　しないわよっ、絶対しないから！」

女将と目を三角にして睨み合う都に、佑真は拍子抜けした。てっきり大和との生活にピリオドを打つ報告をするとばかり思っていた。蓮も同じ気持ちだったらしく、呆れている。

「じゃあ、何？」

蓮にそっけない声で促され、都は幼い颯馬を蓮に戻した。そして佑真たちがいたテーブルの前に立ち、深々と頭を下げる。

「ごめんなさい！　ここを辞めさせて下さい！」

都が大声で言い、一拍間を置いた後、佑真たちは「えーっ‼」と揃って声を上げた。離婚するかもしれないとは思っていたが、七星荘を辞めると言いだすとは予想していなかった。何故なら、七星荘を継ぐのは都だと思っていたからだ。長女だし、都は人の多い場所では暮らせないという困った性質を持っている。

「何言ってるんだい！　ここを辞めてどうするってんだよ！」

女将もパニックになっている。椅子から立ち上がったり座ったりして、今にも卒倒しそうだ。

「姉さん、本気なの？　この宿を継ぐんじゃなかったの？」

蓮もかなり驚いていて、上手い言葉が出てこないようだ。

「昔からそう言い聞かせられたし……私もそのつもりだった。でも……、私は大和君と一緒にいたいの」

決意を秘めた眼差しで都が言う。

「大和君の仕事の手伝いをしたいの。今は大和君とすれ違いの時間ばかりで、ぜんぜん上手くいってない。一世も不安にさせているし、私自身も不安定……。いっぱい考えたけど、今の私には七星荘より大和君のほうが大事なの」

強い気持ちを表すように、都の手がぎゅっと握られる。おそらく長い時間、都は考えていたのだろう。佑真も夫婦になった以上、傍にいるほうがいいと思っている。距離が離れると、人の心は離れやすい。大和とは冠婚葬祭くらいでしか会わなくなったが、起業した会社を守るのに必死なのは見てとれた。大和は七星荘で働くのをよしとしていない。もともと妖怪が苦手だったし、人に使われるより、人を使う立場になりたいという野望があった。

「いいと思います」

佑真は考え込んだ末にそう言った。都が辞めるというのは驚いたが、人は自分で決めた道を進むべきだという考えを持っているからだ。都が家業に縛られる必要はない。

「がんばって下さい、都さん」

佑真が晴れ晴れとした表情で応援すると、都がどっと涙を流して佑真の手を取った。

「ありがとう……迷惑かけてごめんね」

都に何度も頭を下げられ、佑真はいやいやと首を横に振った。

「ちょっと、ちょっと！　アタシは納得してないよ！　都に出ていかれたら、どうやってここを回していけばいいのさ！　人手不足にもほどがあるだろっ」

女将はいい雰囲気の佑真と都が気に食わないらしく、ばんばんとテーブルを叩いて反論している。その音に颯馬がびくっとして、甲高い声で泣き始めた。蓮が立ち上がって、一生懸命あやしている。

「女将さん、前から言っていますが一人の社員に大きな責任を負わせるような発言はいかがなものかと。そもそも以前から提案しているように新しい社員を雇うべきです。別に経営状態は悪くないんだし、この際二、三人雇うべきでは？」

佑真が女将に向き合って言いだすと、うぐっと言葉を吞み込んで、女将が腕を組む。

「それができないから困ってんだろ！　従業員雇っても妖怪が視えなきゃ怪しい旅館だし、妖怪が視えたら恐怖の旅館だよ⁉　またうちの妖しい噂が飛び交っちまうよっ。それに、アタシは都がここを継いでくれると思ってたから……っ」

「蓮が継げばいいじゃない。私よりよっぽど経験豊富だし、跡取りだってできてるし、何よりも佑真っていうこれ以上ないくらいここにぴったりの嫁がいるでしょ」

都に指さされ、蓮がぎょっとして固まる。

「えっ、俺が継ぐの？　姉さんが継ぐとばかり思ってたから、考えてなかったよ。それに跡取りって……、うちの息子も娘もすごい優秀なんだよ？　こんな辺鄙な旅館継がせられないでしょ？」

動揺した口ぶりで蓮が言い、女将が「どこが辺鄙な旅館だよ！」と般若の顔つきになる。

「まぁまぁ皆さん、落ち着いて。蓮が継ぐにしろ、人手不足の問題は解消していません。やっぱり求人広告を出して、ここでもやっていける人材を発掘すべきです。住み込みで働くとしてもこんな山奥じゃ、おいそれと手を挙げる人はいないと思うので、早々に代わりの人間を探すべきだと思いますね」

ヒートアップしてきた都と女将、蓮を宥めて、佑真は懇々と説いた。その後もああでもない、こうでもないと家族間の言い合いが続いた。佑真としては蓮が七星荘を継ごうが問題はないのだが、やはり思うところはあるらしい。

一時間ほど話し合いを続け、都の決意が変わらないのを確認して、その日はお開きとなった。

それぞれ一人で考える時間が必要だったのだ。

幼い颯馬を抱っこしたまま、佑真は蓮と一緒に小学校まで妃和を迎えに行った。小学校が遠いので、毎日送り迎えが大変だ。蓮や都の時も、毎日二人の父が車で送り迎えしてくれたらしい。ただ蓮の父親は七星荘や妖怪が好きではなかったので、送り迎えの時間が唯一の安らぎの時間だったと蓮にこっそり話してくれたそうだ。

小学校で妃和を車に乗せ、佑真たちは家に戻った。妃和にも都が七星荘を辞めたいと言っていたという話をすると、「分かるわぁ」とませた声を出した。

「大和伯父《おじ》さん、あまり目を離すと浮気しそうだもんねぇ。わりとおだてられると調子に乗りやすいタイプっていうかぁ。綺麗なお姉さんにちやほされたら、すぐついていきそう」

大人顔負けの発言を八歳の娘にされ、佑真と蓮は身震いするしかなかった。娘の目に大和はそんなふうに映っていたのか。

「うちの娘、八歳だよね？」

こそこそと蓮が言い、佑真も「最近の子は怖いな！」と小さな声で返した。

「一世、最近遊びに来ないもんね。お兄ちゃんも寂しがってたよ。都伯母《おば》さんが旅館辞めるなら、あんまり会えなくなっちゃうなぁ」

妃和は少し寂しそうだ。勤務時間が長引く際は、都は一世を伴って出勤していた。従兄弟同士、仲がいいのだ。

家に戻り、幼い颯馬のおむつを替えて、リビングのソファに寝かせる。蓮が佑真のためにコーヒーを淹れ、妃和にはココアを持ってきてくれる。今後について話し合おうとした矢先、妃和が
「きゃあああ！」とラグの上にひっくり返った。

妃和は颯馬を抱っこしようとしたのだが、突然大きくなった颯馬に入れ替わってしまったのだ。兄にのし掛かられ、妃和はラグの上で脚をじたばたさせる。

「もーっ、重い！」

妃和は赤ん坊を抱っこできずに終わって怒っている。颯馬もびっくりした様子でラグに転がり、きょろきょろと周囲を見回した。ここが自宅だとすぐに分かったのだろう。がっかりしたように、ため息をこぼした。

「あーあ。戻ってきちゃったんだぁ。これから閻魔大王に会えると思ったのになぁ」

残念そうに言いながら、颯馬がぴょんと立ち上がる。少し汚れた服装をしているが、元気な顔つきで颯馬が帰ってきた。

「ただいま戻りました！　妖怪の里ツアー楽しかったぁ！」

颯馬は満足げに両手を上げている。妃和の目がきらきらと輝き、すぐさま颯馬の身体に抱きつ

いた。

「お兄ちゃん、どうだった？　聞かせてっ」

妖怪の里に興味津々の妃和は、颯馬の身体を揺らして話をねだっている。佑真と蓮は微笑みながら帰還した息子を抱きしめた。無事に帰ってくるのは知っていたが、こうして姿を見ると安心できる。

「お帰り、颯馬」

誇らしげな颯馬の頭を撫で、佑真は消えてしまった赤ん坊を懐かしく思い描いた。十年前も颯馬が突然消えて別れの挨拶もできなかったが、十年後も赤ん坊の颯馬と別れのやりとりはできなかった。

「うーん、佑ちゃん。佑ちゃんって十年前も今もあんまり変わらないね？　父さんは十年経ってる感じがするのに」

まじまじと颯馬に見られ、佑真は蓮と寄り添って笑った。

「俺は妖怪の里に七、八年いたからなぁ。時間の感覚が人と違っちゃったかも。それよりどうだった？　ゆっくり話を聞かせてくれ」

颯馬のために温かいココアを淹れようと、佑真はキッチンに向かった。

颯馬の話はなかなか尽きなかった。颯馬は妖怪の里を満喫してきたらしい。十年前の自分の態度を思い返したり、新しい発見をしたりと佑真も聞いていて楽しかった。

夜も更け、子どもたちが部屋へ戻って寝たのを確認すると、佑真は蓮とパジャマ姿でお酒を飲みながらソファで語らいだした。時々こうやって二人の時間を持つようにしているが、今夜の話題はやはり都に関してになった。

「規模を縮小することになるかもなぁ」

グラスの酒を揺らして飲みながら、蓮が呟いた。今夜は貯蔵しておいた梅酒を嗜《たしな》んだ。毎年いくつかの瓶に漬け込んでいるのだが、年によって味わいが微妙に違うのが楽しい。去年漬け込んだ梅酒は残り少なく、早く梅雨が来ないかと待ち遠しい。

「規模を縮小……？　都さんがいなくなるから？」

佑真は蓮にもたれつつ、首をかしげた。

「うん。佑真は求人広告を出せって言うけど、俺はこの時代に好き好んでこんな仕事に就《つ》く物好きはなかなか出てこないと思う。給与はふつうだし、住み込みで働くにしても周りに娯楽施設がまったくない山の中だろ？　ネットも使えないし、今時の人には無理じゃないかな」

蓮は佑真より厳しい見方で、人手不足は解消されないのではと思っている。確かに電波が届かないのは問題だ。山を少し下りないと、インターネットに接続することもできない。

「閻魔大王が言っていたのは、こういうことだったのかな……」

ソファの背にもたれつつ、蓮が小さな声でこぼした。

「何が？」

よく分からなくて佑真が見上げると、蓮の手が佑真の髪を弄ぶ。

「ほら、印をもらいに行った時、閻魔大王が大和さんには十年しか印を与えないって言ってたじゃない。つまり、今日までだったんだよ」

もどかしげな口調で蓮に言われ、そういえばと佑真も大きく頷いた。

「さすが閻魔大王だな。そんな未来のことまで分かるとは」

閻魔大王の美しい顔を思い出し、佑真は感心した。もう長いこと閻魔大王の顔を拝んでいない。写真に収められたらよかったのにと、返す返すも無念だ。

「今、何考えてる？　閻魔大王との思い出に浸ってる？」

佑真の頬をつねって、蓮が拗ねた声になった。無意識のうちに微笑んでいたのに気づき、佑真はグラスをテーブルに置いて、蓮と向き合った。

「蓮はすぐヤキモチ妬くなぁ」

独占欲の強い蓮は、佑真が他の美形をチェックするだけで不機嫌になる。芸能人ですら嫌がるのに、相手が閻魔大王となるともっとだ。蓮以外の人と関係を持つ気はないし、推しを愛でるくらい許してほしいと思うが、気に食わないらしい。

「機嫌直して」

佑真が蓮の膝に跨がって頬にキスすると、少しだけ強張った表情が弛む。蓮はソファの背もたれから背中を離し、持っていたグラスを佑真のグラスの隣に置いた。

「それじゃあ俺の機嫌とってよ」

佑真の腰に手を回し、蓮が悪戯めいた声を出す。佑真は笑いながら蓮の首元に顔を埋め、パジャマの襟ぐりを引っ張って蓮の首筋に痕が残るようなキスをした。

「……ちょっと佑真の匂いが濃くなった」

蓮が身をすくめ、腰を抱いていた手を背中に回す。片方の手がパジャマの裾から中に潜り込み、佑真の胸元を撫でる。長い指でタンクトップの上から乳首を引っ掻かれ、佑真は小さく息を漏らした。

「ん」

蓮の鼻先が佑真の鼻先にキスをする。カリカリと乳首の辺りを刺激され、佑真は甘く呻いた。顔を傾けて、蓮の唇を吸う。すぐに蓮の唇が開いて、舌が潜り込んできた。佑真も口を開け、蓮の舌を迎え入れる。

「ん……っ、んん」

濡れた音をさせて、互いの唇が深く重なり合う。蓮の舌先は佑真の口内を勝手知ったる様子で探ってくる。出した舌を吸われ、上唇を撫でられ、どんどんキスが深くなっていく。

「あ……っ、あ、あ……っ」

キスの最中に、乳首を布越しにぎゅっと摘まれて、思わず甲高い声が上がってしまった。いつの間にか乳首がつんと尖り、蓮に弄られたくて敏感になっている。あられもない声が子どもたちに聞こえなかったか心配で、佑真は慌てて手で口を覆った。

「ベッド、行く？」

熱っぽい吐息を耳朶に押しつけ、蓮が囁く。期待に胸を震わせ、佑真は頷いた。家を建てるに当たって、寝室は特別に鍵をつけ、防音仕様にしてもらった。発情期になったら、絶対に声を殺せないからだ。幼い子どもたちに自分がおかしくなっている姿を見せたら、トラウマになってしまう。

二階の寝室へ入ると、しっかり鍵を閉めて、キスをしながらもつれ込むようにベッドにダイブした。蓮もすっかりその気になったのか、貪るように佑真の唇を吸ってくる。

「佑真、甘い匂いがする」

佑真の耳朶の後ろに鼻を寄せ、蓮がうっとりした目つきで言った。

「ヒート、近いかな……？　ちょっと、熱くなるの早い気がする」

蓮の愛撫が欲しくなり、佑真はパジャマのボタンをもどかしげに外した。蓮も上半身を起こしてパジャマの前を開け、厚い胸板を佑真に見せつける。

「ゴム、残り少ないね。買っておけばよかった」

ベッドのヘッドボードに置いてある避妊具を取り出し、蓮が嘆く。山を下りると買ってくるものの一つに避妊具がある。結婚して十年以上経つが、未だに新婚当時と同じくらいの頻度で身体を繋げている。蓮は運命の番と言っていたが、本当にそうかもしれない。身体の相性がいいのか、他の人では絶対こんなふうに気持ちよくなれないだろう。

蓮の体温も匂いも、何もかも好きだ。

「中に出してもいいのに」

パジャマを脱いだ佑真が言うと、蓮の手が髪を撫で、抱き寄せられる。

「佑真の身体の負担が大きすぎるだろ。煽《あお》るの、やめて」

額にキスをして蓮が鼻を摘まむ。んぐ、と顔を顰め、佑真は蓮のズボンを下ろして、下着から性器を引きずり出した。蓮の性器は半勃ち状態で、佑真が軽く扱くと硬くなってきた。

「舐めていい？」

蓮の性器を握って佑真が言うと、蓮が腰を引き寄せる。

「俺もするから、身体こっちに向けて」

ベッドの上でシックスナインの形になり、佑真は蓮の頭を跨ぐ格好になった。佑真が蓮の性器を舐め始めると、蓮も佑真の性器を口に含む。

「ん、ん……っ」

蓮の性器を支え、裏筋の部分や先端の敏感な場所を尖らせた舌で辿った。蓮の性器は雄々しくて、硬くて長さも太さも申し分ない。何度も入れられた記憶のせいで、蓮の性器を舐めているだけで奥が熱く疼く。

「もう濡れてる」

蓮は佑真の性器から口を離し、尻のすぼみに指を入れてきた。太い中指が入ってきて、愛液で濡れている奥を搔き混ぜる。指先で前立腺を擦られ、佑真はひくんと腰を震わせた。

「いやらしい音してるの聞こえる？」

蓮が二本の指をわざと内部で音が出るように動かす。ぬちゃぬちゃと卑猥な水音が聞こえ、佑真は尻を揺らした。蓮に馴染んだ身体は簡単に熱を灯す。乳首を弄られ、尻の奥を搔き回されただけで甘い声が漏れた。

「佑真はお尻のほうが感度いいよね」

勃起した性器を扱きながら、佑真の尻の中に入れた指を動かし、蓮が煽るように言った。

「ほら、もう柔らかくなってきた。三本、呑み込んでる」

中に入れた指を根元まで突っ込み、蓮が意地悪く笑う。淫《みだ》らな身体と言われているようで、恥ずかしくてたまらない。それなのに身体は逆に熱くなっていく。指を出し入れされて、腰がひくひく揺れてしまう。

蓮の性器を銜えていたのに、尻の奥を指で突かれて、気づいたら性器に頬を押し当てて喘ぎまくっていた。舐めなきゃと思うのに、ぐちゃぐちゃに中を弄られて、息が荒々しくなる。

「うう……、はぁ……っ、はぁ……っ、ねぇ、もう入れて……っ」

フェラチオどころではなくなり、佑真は上擦った声で太腿を震わせた。やはり発情期が近いのかもしれない。いつもより感じるのが早いし、全身が甘く疼いている。頰を押しつけている蓮の性器が欲しくて仕方なくなり、腰がねだるような動きになっている。

「そうだね。ここすごい濡れてるもの」

佑真の尻から指を引き抜き、蓮が濡れた指を見せつける。佑真は頰を上気させ、のろのろと身体を反転させた。

「どの体位がいいの?」

蓮に聞かれ、佑真はベッドに寝そべった。

「上から潰して……っ」

佑真が興奮して言うと、蓮が苦笑しながら避妊具を装着した。すぐに蓮が背中から覆い被さってきて、濡れた尻穴に性器を押し当てる。

「佑真、寝バック好きだね……」

蓮が屈み込んで、ゆっくりと性器を中へ押し込んでくる。熱くて硬いモノが身体の奥にずぶずぶと入ってきて、佑真は息を吞んだ。性器は佑真の身体を目一杯広げて、ぐっと奥まで潜り込んでくる。

「はぁ……っ、はぁ……っ、は、ひ……っ」

蓮の性器が奥をごりっと擦ると、全力疾走したみたいに荒々しい息遣いになる。じんと奥が疼いて、気持ちよくて腰から下の力が入らない。蓮は佑真の身体に重なるようにして、徐々に奥へと腰を進ませた。

「あ……っ、あ……っ、すっごい奥、まで、キてる……っ」

いきなり深い場所まで蓮が入ってきて、佑真は目尻に涙を浮かべ、はぁはぁと喘いだ。深い奥を犯されると少し怖くて、それでいて先走りの汁が垂れるほど感じてしまう。蓮が身じろぐだけで内壁が収縮するし、甘い声も上がる。

「うん……、佑真の中熱い……。やっぱり発情期近いよ。中、ぐずぐずだね……」

佑真の身体にのし掛かり、蓮が大きな手で肩や背中を撫で回す。蓮は動いていないのだが、身体のあちこちを愛撫されて、びくっ、びくっと勝手に腰が跳ねた。

「気持ちいいね……、佑真が感じてるのすごくよく分かる」

蓮は佑真の身体とシーツの合間に無理矢理手を差し込み、クリクリと乳首を弄る。乳首を弄られると余計に内部に銜え込んでいる蓮の性器を締めつけた。

「はぁ……っ、はぁ……っ、あっ、あっ、駄目、乳首、イっちゃう……っ」

うなじにキスしながら、尖った乳首を両方虐められ、佑真は甲高い声を上げた。自然と腰が浮き上がって、無意識のうちに銜え込んだ尻を揺らした。あっという間に発汗した身体は、絶頂感を求めて、性器を締めつける。

「駄目、まだ乳首だけ」

もぞもぞと動く佑真の動きを阻止するように、蓮が体重をかけて重なってくる。そうするとさらに奥まで蓮の性器が入ってきて、佑真は嬌声を上げた。

「ひあ、あああ、こんな奥、やば……っ、う、あああ……っ」

奥に入っている性器をぎゅーっと締めつけ、佑真はあられもない声を上げた。乳首を引っ張られ、耳朶をしゃぶられる。蓮の体重で押さえつけられると、もう逃げられないという被虐感で余計に感じてしまう。

「ま、って、ま……っ、あ、あ、あ、イっちゃう……っ!!」

執拗に乳首を弄られているうちに、抗えない快楽の波に襲われた。気づいたらシーツにどろどろとしたものを吐き出していた。

「ひ……っ、は……っ、はひ……っ、ひぃ」

一気に溜め込んだ息を吐き出し、佑真は真っ赤になって悶えた。乳首だけで達してしまい、全身が甘い感覚に満たされている。

「乳首でイっちゃったの……？　ヒート近くて、感度高まってるみたいだね……。じゃあ、突いてあげる」

やおら蓮が上半身を起こし、腰をぐっと突き出してくる。

「やあああ……っ、……っ!!」

絶頂直後の奥を容赦なく穿たれ、佑真は悲鳴じみた嬌声を発した。蓮は息を荒らげ、トントンと奥に性器の先端を押しつけてくる。硬くなったモノで深い場所を突かれ、佑真はシーツを乱した。

「ひああ……っ、あ……っ、あ……っ、駄目ぇ……っ!!」

蓮の動きが徐々に激しくなっていき、佑真は逃げるような動きをした。イった直後に奥を突かれると、声を殺すことは絶対にできない。それくらい深い快楽に襲われる。

「駄目じゃなくて、もっとでしょ?」

蓮は逃げようとする佑真の二の腕を摑み、奥に入れた性器をごりごりと動かす。佑真は腰を引き攣らせ、喘いだ。内部が収縮し、痙攣するみたいに、びくっと跳ね上がる。

「中でまたイけそうだね……? すごい締めつけてる……動かなくてもいいくらいだ」

蓮が耳元で囁く。佑真は生理的な涙を流し、銜え込んだ奥を痙攣させた。蓮の声に煽られたみたいに、気づいたら尻を突かれて絶頂していた。

「ひああああ……っ!! あひ……っ、あ、はぁ……っ、……っ」

蓮が大きな動きで腰を突くと、脳天まで痺れるような快楽が襲ってきた。気持ちいいというよりも、頭が真っ白になる快楽だ。息が苦しい。喘ぎすぎて、頭がおかしくなりそう。腰を止めてほしいのに、蓮は意地悪するみたいに、まだ奥を突いてくる。

「やだぁ、やぁ……っ、も、駄目ぇ……っ、ひぃ、あぁ、もう突かないで……っ」

ずぼずぼと奥を突いてくる蓮を止めようと、佑真はのけ反って身悶えた。発情期が近いせいか、敏感な身体は連続で絶頂感を味わっている。イきすぎて苦しいくらいだ。

「中、蕩けるみたいだ……、はぁ……っ、はぁ……っ、俺もイきそう……っ」

蓮が背中からのし掛かってきて、ぐーっと奥まで性器を入れてくる。膨張した蓮の性器が、信じられない深い部分まで佑真を犯した。

「やあああ、あああ……っ、あー……っ、あー……っ」

室内中に響き渡る声で、佑真は身体を震わせた。何度もイかされて、身体がずっと痙攣している。蓮は深い場所で、呻くような声を上げて達した。

「あー……、はぁっ、はぁっ、すごい気持ちよかった」

蓮が肩で息をしながら、佑真に重なってくる。佑真は息も絶え絶えで、全身を悶えさせていた。

蓮がわずかに動くだけで、びくっと身体が揺れる。

「はぁ……、はぁ……、佑真の匂いでおかしくなりそ……」

蓮はだるそうな動きで上半身を起こし、ずるりと性器を引き抜く。佑真はシーツに身を投げ出したまま、まだ腰を痙攣させていた。蓮は避妊具を外してゴミ箱に捨てると、新しい避妊具を取り出して装着した。

「射精したけど、ぜんぜん萎えないな……。佑真の匂いのせいかも。明日起きられなくなったらごめんね」

蓮が佑真の身体を反転させて、濡れた目で囁く。佑真はひたすら呼吸を繰り返すだけで精一杯で、蓮に両脚を持ち上げられても抵抗できなかった。

「う……っく、はぁ、まだ中、ひくついてる」

再び蓮が性器を押し込んできて、佑真は忘我の状態で蓮を見上げた。抜けた穴に、蓮の硬いモノが収まっていく。入れる際に前立腺を擦られ、甲高い声がこぼれる。

「ねぇ、佑真。俺だけ見て」

蓮は繋がった状態で屈み込んできて、佑真の唇を吸う。甘くいやらしいキスが続いて、佑真は濡れた唇を舐めた。

「俺以外、見ないで。考えないでほしい」

佑真を抱きしめながら、蓮が耳朶をしゃぶって囁いてくる。とろんとした目つきで蓮を見上げていた佑真は、再び腰を揺さぶられて、もう何も考えることができなくなった。


何度か身体を繋ぎ、満足感を覚えて佑真は蓮と火照った身体を寄り添わせた。シャワーを浴びなければならないが、まったりしたこの雰囲気を残したくて、ティッシュで互いの身体についた汚れを拭き取るだけにした。

蓮は残り香を楽しむように佑真のこめかみにキスをする。

蓮の肩に頭を乗せ、佑真はそっと窺った。蓮の穏やかな微笑みと熱い身体に、かねてより言おうとしたことを伝える機会は今だと感じた。

「あのな、蓮。都さんが辞めるというなら俺も話があるんだけど」

何げない口調で言いだしたのに、急に蓮の身体がぴしっと強張る。佑真を見る瞳は不信感が露わになっていて、せっかくのまったりムードは淡雪のように消え去った。

「実は俺、お店を出したいという夢を持っていて」

蓮の身体が強張ったのには気づいていたが、思い切って佑真は切り出した。愛する人には自分の夢を応援して欲しい。都の話を聞いて、そう思ったのだ。

「店……？」

蓮の強張りがふっと弛んだので、佑真は勢いを得て頷いた。店を出すという話は蓮にとって悪いものではないと察したからだ。

「うん。甘味処を泰山府に」

佑真がにこっと笑って言うと、とたんに蓮の顔が世にも恐ろしげなものに変化した。蓮はさっきまでの熱が一気に冷めた様子で、布団をまくり上げて、目を吊り上げる。

「泰山府って……っ、妖怪の里に⁉」

大声で怒鳴られて、佑真は首をすくめた。思ったよりも激しい反応に、まずったかなとドキドキした。

「はい、そうです」

蓮がベッドの上に正座したので、佑真ものろのろと起き上がり、向かい合って正座した。互いに全裸で正座しているので、傍から見るとこっけいな様相だ。

「本気で言ってるの⁉　よりによってあんな場所に！　佑真はどうかしてるよ！　俺は大反対、あそこは妖怪の住む場所だろ。人間である佑真は行く必要がない！」

カリカリした態度で猛反対を受け、佑真はため息をこぼした。今の蓮は頭に血が上っていて、とてもじゃないが佑真の話を聞く態勢にない。

「いやでもさ……」

「佑真の作るものが妖怪に受けているのは知ってるけど……っ！　そんな馬鹿な夢、俺は認められない。何であんなとこに店を出す？　出すなら近くに出せばいいじゃないか、これ以上佑真があっちにいると、妖怪に染まりすぎることになる。ダメダメ、絶対ダメ」

噛みつくように言われ、佑真は蓮に流し目をくれた。頭ごなしに否定され、佑真もカチンときた。

「そうだな、俺はあっちに染まっているかもしれない。何しろ誰かさんが迎えに来るのが遅くて、七年もいたからな」

これ見よがしに言うと、蓮がうぐっと言葉を詰まらせる。これを言うと蓮が黙り込むしかないと分かっているので、口にするのは非常に申し訳ないのだが、ともかく話を聞いてもらわねば始まらない。

「蓮……。蓮がプロポーズして、七星荘に来てほしいって言った時……お前は、俺にここで一緒に働いてほしいって言ったよな」

蓮が苦しそうに押し黙ったのを見て、佑真はずっと思っていたことを口にした。蓮が何を言うつもりだと眉を顰める。

「蓮は家族になったから、俺が一緒にここで働くものと思い込んでいただろう？　それってお前に俺が合わせる形だよな？　でも俺も、俺にも、やっぱりやりたいことはあるんだよ」

蓮に理解してもらえるように、佑真は言葉を選びつつ、吐き出した。

「蓮の補佐をするだけで幸せならよかったんだけど……。俺個人にも夢はあるんだ。向こうでお店を開きたいっていうのは俺個人の夢だ。こっちに戻って子どもたちを育てて、幸せだし、楽しいけど、どうしてもその夢を忘れられない。もちろん家族をないがしろにするつもりはないけど、家族にも協力してもらいたいと思っている。俺はずっとこの夢を我慢しなくちゃならないか？俺個人のやりたいことを、お前は否定するか？」

そっと蓮の手を取って、佑真は真剣な口調で訴えた。ハッとしたように蓮が顔を歪ませ、唇を嚙みしめる。

佑真はそろそろとにじり寄り、蓮の身体に抱きついた。

「蓮、大好きだよ。愛してる。それでも俺は、夢を叶えたいんだ」

自分の気持ちが伝わるようにと、佑真は蓮の頰に手を当てて、鼻先にキスをした。蓮の表情が崩れ、ひどく悲しそうな瞳で佑真の髪を掻き乱した。

「妖怪に佑真を取られそうな気がする」

低い声で呟きながら、蓮が佑真の唇を吸う。蓮の心が軟化したのを感じ取り、佑真は笑ってキスを返した。


二週間後、ある晴れた日、都と大和と息子の一世が佑真の家へ訪れた。

「お久しぶりっす」

大和はスカジャンにジーンズという格好で、息子の一世の手を引いて佑真たちの家に現れた。社長になっても相変わらずラフな格好ばかりで、髪の毛も金髪だし、チャラさは全開だ。清楚系の都と一緒にいると、ちぐはぐなカップルに見える。息子の一世は都に面立ちの似たおとなしそうな子で、同い年の子に比べて小柄だ。

「いらっしゃい、上がって」

親族会議を行おうということになり、佑真の家に大和一家と女将が集合した。女将はとっくにリビングにいて、妃和の面倒を見ている。

「お邪魔します」

都はピンク色のワンピースを着ていて、手土産代わりにケーキの詰め合わせを持ってきた。リビングのL字型ソファに都と大和、女将に座ってもらい、佑真と蓮はラグに座布団を置いてローテーブルを囲んだ。子どもたちは子ども部屋へ行って遊ぶように言った。もらったケーキをテーブルに並べていると、わー子がひょっこり現れて、『私も欲しい』と言ってきた。

「あ、余分に買ってあるから大丈夫よ」

都が目ざとくわー子に気づいて言う。その横に座っていた大和が、きょろきょろとして首をかしげた。

「え？　何の話？」

大和が都の視線の先をいぶかしげに見ている。その時、大和には座敷童が視えないのだと気づいた。昔は妖怪が視えていた大和だが、七星荘に来ることが減り、そういった能力が失われたのだろう。少し寂しい気持ちにもなったが、あれほど妖怪を恐れていた大和だから、これでいいのかもしれないと思い直した。

「そこに座敷童がいたのよ」

都は大和に説明している。

「へー。すっげ、さすがっすね。家につくなんて、羨ましいっす」

大和は座敷童が繁栄の象徴と知っているので、感心している。佑真はショートケーキを一つ皿に載せ、わー子に手渡した。わー子は嬉しそうにそれを受け取り、どこかへ消える。トレイに三人分のケーキとお茶を載せ、二階にいる颯馬を呼んだ。颯馬は勢いよく走ってきて、危なっかしげな手つきでトレイを抱えて上に行く。

「それで、気持ちは変わらないんだね」

ケーキを食べながら和やかなムードで話し合いが始まり、都は改めて大和の仕事を手伝うために七星荘を辞めたいと言った。あれから二週間経ち、女将も心情に変化があった。最初は娘が去っていくのが嫌で反発してしまったが、都の幸せを考えて、認める気になったそうだ。

「ごめんね、お母さん。私もずっと宿を守っていくつもりだったけど、今は大和君のほうが大事なの」

都が目に涙を溜めて言う。大和が都の手をぎゅっと握り、二人が見つめ合った。離婚するかもと思ったのが申し訳ないほど、二人の絆は強かったとその場にいた皆が確信した。

「分かったよ。七星荘は、蓮に任せる。確かにそのほうがいいかもしれない」

女将が目元をそっとハンカチで押さえる。

「新しい従業員を雇うまで、宿泊客を抑えてやっていくしかないね。少人数なら俺と母さんで賄えるかもしれないけど、人数が多くなったら厨房の佑真にもヘルプを頼むかも」

蓮がチーズケーキを口に運んで、ちらりと佑真を見やる。

「ところで皆さん、実は俺も話があるんですが」

佑真はケーキを食べ終えると、お茶を淹れながら切りだした。

「えっ、ここで言うの？」

蓮が何かを察して、顔を引き攣らせる。都の話を聞いてからずっと蓮と話し合っていたことを言ういい機会だと思ったのだ。

「実は俺……店を持ちたいと思っておりまして」

佑真が皆の顔を見回して言うと、それぞれが驚愕する。都と大和はパッと顔をほころばせたが、女将は困惑した様子だ。

「以前から甘味処の店を持ちたいと思っていたんですが、今回規模縮小するという機会が訪れ、今しかないという気持ちになりまして。ちなみに蓮には反対されているのですが、がんばって説得するつもりです」

中腰になって佑真が言うと、都が「すごいと思う！」と拍手をしてきた。

「いいじゃないっすか。俺、応援します。やっぱ男たるもの、一国一城の主になりたいもんっすよね。経営に関してなら知り合い何人かいるんで、いくらでも紹介するっすよ」

大和はかなり乗り気で、前のめりだ。

「ちょっと待っておくれ！　それじゃ七星荘のほうはどうなるんだい!?　あんたの料理が今やうちの看板なんだよ！」

女将はハッとしたように腰を浮かせ、声を張り上げる。

「はぁ、それについては申し訳なく思っておりますが、やはり俺がやりたいのは料理全般ではなく、甘味だと気づきまして。もっと甘味を極めたいというか何というか」

佑真が正座になって訴えると、女将が「じゃ、じゃあ甘味だけでいいから！」とすがりついてくる。

「何で蓮は佑真君の夢を反対しているの？　そりゃ店を出すって大変なことだけど、好きな人の夢を応援してあげるのって大切だと思う」

都は仏頂面の蓮に眉を顰める。

「そうっすよ、お兄さんの料理美味いし。資金援助なら、いくらでも道はあるっすよ？」

大和も蓮を責める立場だ。

「あのね、皆。佑真の話を最後まで聞いて」

騒がしくなった場を落ち着かせるように、蓮が咳払いする。その表情は曇ったままで、佑真の夢を応援する態度の都と大和をじろりと睨みつける。

「佑真がどこに店を出すつもりだと思ってんの？　——妖怪の里だよ」

沈痛な面持ちで蓮が言いだし、一瞬にして座が静まり返った。その数秒後、いっせいに「えええええっ!!」と三人が素っ頓狂な声を上げる。

「しょ、しょ、正気っすか!?　マジ、頭おかしくなってるっす！　信じらんないっす！　こっちの世界に戻ってきて！」

大和が立ち上がって、大声でわめきだす。先ほど熱く応援すると言っていた舌の根も乾かぬうちに、正反対の言い分だ。

「佑真君、あなたってどこへ向かってるの⁉　もう怖い、怖い！　妖怪の里に店を出すって、どんな悪質な冗談よ！」

都も自分の身体を抱いて、ヒステリックに叫ぶ。

「うう……っ、目眩が」

女将はあまりの衝撃発言に目眩を起こし、ソファにぐったりしてしまった。驚くかもしれないとは思ったが、そこまで強烈な反応を見せるとは思わなかったので、佑真はしばし言葉を失った。蓮に切りだした時も過剰な反応が戻ってきたが、あれ以上だ。

「ほら、皆反対するだろ。俺だって、その辺の土地に店を出すっていうなら、賛成するよ。でもよりによって妖怪の里だよ？　妖怪相手に商売しようとしてるんだよ？　反対するに決まってるでしょ」

蓮はむすっとしたまま腕を組んでいる。

「佑ちゃん、妖怪の里に行くのぉ？」

階下の騒ぎに気づいたのか、階段のところから子どもたちが顔を覗かせている。妃和と颯馬はむしろはしゃいだそぶりで、一世はぽかんとしている。

「うん。お前らも聞いてくれ」

佑真は子どもたちを呼び寄せ、居住まいを正して話し始めた。

「今まで内緒にしていたんだが、俺は向こうから帰ってきた後も閻魔大王と文通を続けていてな」

黙っていたのを申し訳なく思いつつ、佑真は蓮を窺った。

「文通！　閻魔大王と！」

ぐったりしていた女将はさらに衝撃を受けたようで、ガタガタ身を震わせている。

「そ、そんなことしてたっすか？　やっぱ正気じゃないっす！　あんな恐ろしいもんと文通？　こえーっ、こえーっ！　意味分かんねぇ！」

大和は閻魔大王と会った時を思い出したのか、悲鳴を上げる。

「閻魔大王と文通とか、この子怖いっ！　もうやめてぇ！」

都も怯えて大和に抱きついている。

「佑真……。はぁー……。本当に君は……」

蓮はひたすら肩を落として頭を抱え込んでいる。まさに阿鼻叫喚《あびきようかん》だ。

「まぁ季節の折々に甘味と一緒にって感じだけどな。こっちに戻ってから俺の甘味を食べたい閻魔大王が連絡を寄越してくるようになって、それが何年も続いていたってとこだ。以前から閻魔大王には店を出したいという話をしていたんだが、宿のこともあるし、子どもも小さいしで悩んでいたんだ。でも今回規模縮小する流れになっただろ？　宿の仕事をしない時にだけ、店を出せないかなって思ってさ。その話を手紙に書いたら、閻魔大王が『それなら特別に道を造る』って言ってくれて」

ざわついた雰囲気を気にしつつ、佑真は照れながら述べた。店を出したいという佑真の夢を閻魔大王は応援してくれた。できれば閻魔大王のいる泰山府に店を持ちたいと言うと、七星荘と泰山府を繋ぐ特別な道を造ってくれると返事をくれたのだ。その道を通れば数時間で泰山府に行けるらしい。

「資金に関しては俺、あっちに七年いたからお金が残ってるんだよね。足りない分は閻魔大王がサポートしてくれるって。店を出すのは初めてだし、不安もあるけど、閻魔大王の料理人という謳《うた》い文句があれば客は来るかなって楽観してる」

にこっと佑真が笑顔を見せると、絶望的な様子で大人たちが見返してくる。

「僕も手伝うよ！」

場に躍り出てきたのは、颯馬だった。小さな手をぎゅっと握り、やる気満々で拳を突き上げる。

「あたしもぉ！」

妃和もその気になって、手を叩く。まだ階段のところにいる一世は、ただ呆然と話を聞いている。

「お前たち……、あそこは本当に恐ろしい場所なんだ。店を出したいっていう佑真が異常なんだ。頼むから乗っからないでくれ」

蓮は二人の子どもたちを摑まえて、階段のところへ押し戻す。

「変なことを言いだしているのは重々承知している。でも俺は……そう、俺は妖怪が大好きなんだよ。危険で恐ろしいものだって分かってるけど、彼らが俺の作った甘味を食べている時の嬉しそうな感じが忘れられないんだよ。俺の夢、認めてくれないかな?」

佑真は深く頭を下げて熱く訴えた。

「いや……何かいい話ふうに言ってるけど、ちょっとついていけないっす……。つうか、お兄さんには一生敵わねぇって思ったっす」

大和には佑真の夢が理解できないらしく、髪を掻きむしっている。

「ホント……怖い、この子! うちに来た時から変わった子だって思ってたけど、想像の斜め上をいってるっ。や、別に反対はしないわよ。反対なんかしたら、閻魔大王の報復が恐ろしいし……。すごい目をかけてもらってるのは分かったから」

やっと少し衝撃が薄れたのか、都は同情気味に蓮を見やる。

「そ、そうだね。閻魔大王の逆鱗《げきりん》に触れるわけにはいかないね」

女将は気力を取り戻し、だるそうに身体を起こす。気のせいか都が辞めると言いだした時より、げっそりしている。

「えっ、皆もっと反対してくれよ。佑真の暴走を止めてくれないと。このままじゃ佑真、半妖になっちゃいそうだろ」

思ったよりも反対がないので、蓮は焦れた口調だ。中でも子どもたちのはしゃぎように、痛恨のミスと呟いている。

「今のところ週末だけ向こうの店をやるって方向で進めようかなと思ってるんですが、どうですか？　時間の流れが違うんで、留守にするのは週のうち一日か二日くらいだと思います」

　佑真が妖怪の里での一週間はこっちでの一日くらいという説明をすると、女将も大きく反対はしてこなかった。蓮は相変わらず嫌そうだが、大和と都はひたすらドン引きしているだけだ。

「どこに店を出すか、今度向こうに行って現地調査しようかなと思っている。蓮、一緒に行ってくれるか？　嫌なら一人で行くけど」

　不機嫌そうな蓮に声をかけると、「僕も」「あたしも」と颯馬と妃和が手を挙げる。

「じゃあ久しぶりに家族旅行でもするか」

　佑真が明るく提案し、颯馬と妃和が飛び上がって喜び、蓮が顔を覆った。

「家族に味方がいない……」

　テーブルに突っ伏して嘆く蓮に、都が乾いた笑いと共に背中を叩いた。

◆10　甘味処『七星《ななほし》』へようこそ

入母屋造《いりもやづく》りの立派な外観の店を見上げ、佑真は感動に胸を震わせていた。

二階建ての一階部分は甘味処『七星』の店になっていて、二階部分は人が住めるような造りだ。

黒い格子戸の入り口に『七星』と書かれたのれんをかけると、佑真が夢見た自分の店のできあがりだ。

「すごいですね、佑真さん。とうとうお店が始まるんですね」

佑真の隣で目をうるうるさせているのは、冷泉だ。狸の妖怪で、可愛い前掛けをつけている。昔佑真が店を出したら一緒に働きたいと言っていた通り、一番弟子として入ることになった。

「ああ。感無量だよ。ここまですごいお店にするつもりはなかったんだが……。閻魔大王にたくさん借金をしちゃったから、がんばって返さないとな」

佑真はしみじみと呟き、格子戸を開けた。

中に入ると大きなガラス張りの商品ケースと、テーブル席が三つある。商品ケースにはまだ商品は置かれていないが、饅頭や練り切り、羊羹や団子といった定番商品は揃えるつもりだ。テーブルや椅子、内装はすべて黒と赤で統一した。落ち着いた雰囲気の、居心地のいい店を目指している。床はタイル張りにして、汚れの著しい妖怪が来たらすぐに水洗いできるように気配りした。

「明日は品切れが起こらないようにたくさん用意しなきゃですね」

冷泉は設備を点検して言う。奥には厨房があり、週に一度、雪女の由岐が来て氷を補充してくれる。由岐の生み出す氷は持ちがいいので重宝している。

「ここに来るまで長かったなぁ……」

佑真は店を見回し、知らず知らずのうちに微笑んでいた。

店を出すことに渋い顔をする蓮を説き伏せ、家族で泰山府に出かけた。閻魔大王に会うと蓮は相変わらず今にも倒れそうになっていたが、颯馬と妃和はぜんぜん平気だった。特に妃和は佑真と同じくイケメン好きの血が流れていて、閻魔大王に恐れもなく近寄り抱っこしてもらうという大物ぶりを見せた。

「其方の子どもたちは面白いなぁ。顔は蓮に似ているが、性質は其方に似ている」

閻魔大王は颯馬と妃和が気に入った様子で、口調も柔らかかった。颯馬と妃和は妖怪に対するアレルギーがなく、この異世界が気に入ったらしい。

閻魔大王に店を出したいという話をすると、ちょうどいいところに空き地ができたと案内された。泰山府の中でも閻魔大王の屋敷から歩いて三分という立地の良さ、加えて閻魔大王が足りない資金は補助してくれるという。借金は無期限で利子がつかない代わりに、店を開く際は必ず閻魔大王に季節の甘味を進呈するよう言われた。こんな願ってもない好条件、見逃すわけにはいかない。閻魔大王の後押しにさすがの蓮も了承するしかなく、腕利きの大工を雇って、甘味の店を建ててもらった。

「佑ちゃん、上の部屋、気に入りました」

奥にある階段から下りてきたのは颯馬だ。二階部分は住居になっていて、畳敷きの部屋が四つある。トイレや風呂も二階に造ってもらった。妖怪の里には電気やガスといったものはないが、代わりにそれに近い状況を作れる妖怪がいる。不便といえば不便なのだが、子どもたちはそれを楽しんでいる。

「はぁ……本当に店を開くことになるなんて……」

妃和を抱っこしながら階段を下りてきたのは、蓮だ。どんよりした表情で、はしゃぐ妃和を抱えている。

「記念すべき明日の開店日は、たくさんお客が来るといいな。あ、お花もたくさんもらったから、お返しも考えないとな」

店の前に置かれた花輪を振り返り、佑真はあれこれと考えを巡らせた。閻魔大王や虎狼隊の弦弓、シュヤーマやシャバラ、太鳳が花輪を送ってくれた。皆、佑真の作る甘味を楽しみに待っている。

「こんなの友達に言っても信じてもらえないね」

妃和はテーブル席に座り、けらけら笑っている。

「変人に思われるからやめとこうな」

颯馬も隣に腰を下ろし、したり顔で言う。

「そうだ、あんみつ食べるか？　しばらくメニューはあんみつだけにするつもりなんだけど」

佑真は思いついて言った。余裕が出れば喫茶コーナーの充実も図りたい。

あんみつと聞き皆、食べる食べると手を挙げる。厨房に入り、黒い箱からアイスを作った容器を取り出す。バニラや抹茶《まっちゃ》、チョコレート味のアイスはすでに作って、氷入りの黒い箱の中に入れてある。ガラスの器に餡子とホイップクリーム、白玉、抹茶アイス、賽《さい》の目《め》に切った寒天、杏、そしてサクランボを載せる。

「はい、どうぞ。七星特製あんみつ」

できあがったあんみつを、テーブル席についている皆の前に置く。食器もこだわりのものを揃えた。たまに食器ごと食べてしまう妖怪がいるので、食べられないガラス製が多い。木製だとガリガリ齧《かじ》る妖怪がいるのだ。

「美味しーい」

妃和は抹茶アイスが好きなので、満面の笑みだ。冷泉も美味しそうに頬張っている。餡子はたくさん使うので、特に気合を入れて作っている。

「おお、よいところに来たな」

出入り口が騒がしい気がしていると、のれんを潜って閻魔大王が入ってきた。あんみつを食べていた蓮はむせ込んでしまい、妃和はアイスまみれの口で椅子から飛び降り「閻魔さまぁ」と抱きついている。閻魔大王になついている娘を見る蓮の血の気が引いていて、思わず「SAN値チェックするか？」とからかってしまった。

「閻魔大王、いらしてくれたのですね。あんみつ食べます？」

佑真は新しい器を取り出して、首をかしげる。

「ほう、いいいな。一つもらおうか」

閻魔大王は妃和を片手に持ち上げ、妃和が座っていた場所に腰を下ろす。がやがやと声がして、さらにシュヤーマがのれんを潜ってくる。

「閻羅王、そのような時間はありませんぞ。佑真、明日の開店前に閻羅王からの贈り物があってな。華耀様が外にいらっしゃいますから」

くつろごうとし始めた閻魔大王をシュヤーマは厳めしい顔つきで止める。華耀と聞き、佑真は店の外に出た。

「あ、華耀様」

店の前には植えたばかりの桜の苗がいくつかあるのだが、その前に華耀が佇《たたず》んでいた。ひらひらした桃色の羽衣《はごろも》をまとい、淡い黄色の衣装だ。華耀は口元を隠していた扇を、トンと閉じて佑真に微笑んだ。

店の中から、閻魔大王やシュヤーマ、颯馬と妃和、蓮、冷泉が出てくる。冷泉は華耀を見るなり、ぽーっと顔を赤らめた。

「うわぁ、すごい綺麗なお姉さん！」

妃和は閻魔大王の腕に抱かれ、華耀に興奮している。

「其方が店を開くと聞きつけ、華耀が祝福を贈りたいと言うので連れてまいった」

閻魔大王が華耀に向かって軽く顎をしゃくる。

華耀は小さく頭を下げると、両手に扇を持った。パッと音を立てて華耀が左右に持った扇が開く。華耀はその場でひらひらと舞いを始めた。芳しい香りが踊る華耀からふわっと漂い、どこからともなく桜色の花びらが舞い散る。

「わぁーっ」

颯馬や妃和、佑真がいっせいに声を上げた。蓮は息を呑み、冷泉も口を開けている。苗の状態だった桜の木がぐんぐん生長して見上げるほどになった。桜の木は枝を伸ばし、次々と蕾《つぼみ》をつけていく。華耀の踊りに合わせてそれらが膨らみ、あっという間に桜の花を咲かせた。

「すっごい……」

いつか桜の木が花を咲かせたら、桜にまつわる和菓子を出そうかと思っていたのだが、想定より早いお披露目になりそうだ。

芳しい匂いは店全体を包み、花びらが店の屋根に舞い降りてきた。それは尽きることなく風に漂い、店を彩っている。佑真は踊り終えた華耀に、深々とお辞儀した。

「華耀様、ありがとうございます」

佑真が感激して礼を言うと、華耀は再び扇で口元を隠し、そっと手を差し出した。白くほっそりした手が何かを要求するようにこちらへ向けられている。

「華耀様も、あんみつ食べますか？」

佑真がにこっと笑って言うと、こくりと頷き、華耀が店に入っていく。

「余の分も頼むぞ」

閻魔大王も当然の顔つきで店に入る。

「閻羅王、まだ仕事が……っ」

シュヤーマは慌てた様子だ。颯馬や妃和も皆の後に続き、佑真は蓮と顔を見合わせた。

「本当に、佑真。佑真は妖怪にモテすぎて、俺はいつも不安なんだよ？　分かってる？」

佑真の手を握り、蓮がこれみよがしにため息をこぼす。

モブで何もかも平均だと思っていた自分には、人より少し料理ができて、妖怪に好かれる性質があったらしい。

「俺の一番推しは蓮だよ」

蓮に寄り添い、誰も見ていないのを確認してそっと頬にキスをした。偶然花びらが蓮の肩に落ちてきて、ほうっと吐息が漏れる。

「はぁっ、桜の花びらに包まれる蓮は最高に美しいよ！　どうしてここでは写真が残せないんだ！　俺の目に焼きつけるしかないじゃないかっ」

　思わずたぎったまま叫んでしまうと、蓮の感情がすっと落ち着いて、「あ、うん」と適当に頷かれた。

「いつまでも変わらない佑真が大好きだよ」

　佑真の額にキスをすると、蓮は諦めの口調で手を引っ張った。

こんにちは&はじめまして。夜光花《やこうはな》です。

推しはα三冊目です。無事完結しました。当初は一冊のつもりだった本がありがたいことに三冊も出してもらえて感激です。佑真《ゆうま》と蓮《れん》も最後にはいい夫婦でエンドマークがついたのではないかと思います。自分のことをモブモブうるさかった佑真ですが、実際は主人公っぽい性格をしているのですよね。逆に蓮は、顔はいいけど中身はふつうというか、そんな二人だったと思います。

今回、すでに結婚して子どももいるカップルなのに、また出会って恋をするシーンが書けるという楽しさを味わいました。ふつう離れたら悲しいシーンが多いはずなのに、記憶が書き換えられているせいか、佑真が妖怪の里に適応しすぎたせいか、別居中も受けがエンジョイしているという……。佑真は記憶がなくとも、あるいはどこに行っても佑真でしかないというのがよく分かりました。

二冊目で出てきた閻魔大王《えんまだいおう》は、書いていて楽しかったキャラです。人間界より妖怪の世界のほうが好きです。移住すればいいのにと思います。そうしたら蓮が可哀想かな。子どもたちが将来どんなふうになるのか想像す

あとがき

ると面白いですね。

そしてやっぱりラブコメは楽しい！　と改めて思いました。

イラストは引き続きみずかねりょう先生にお願いできました。どんな絵が来るのか楽しみでしょうがないです。みずかね先生の閻魔大王に惚れてしまったので、早く見たいですね。あとちび絵が本当に可愛いので、今回はどんな感じか期待してしまいます。できあがりが楽しみです！

担当さま、毎回痒いところに手が届く感じで信頼しております。いつもありがとうございます。またよろしくお願いします。

読んでくれる皆さま、感想などありましたらお聞かせ下さい。

ではではまた。次の本で出会えるのを願って。

夜光花

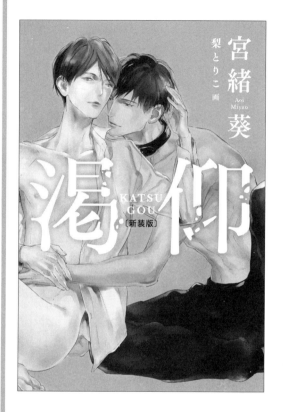

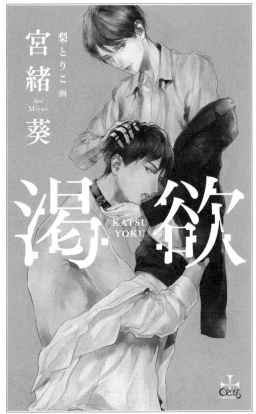

CROSS NOVELS をお買い上げいただきありがとうございます。
この本を読んだご意見・ご感想をお寄せください。

〒110-8625 東京都台東区東上野 2-8-7　笠倉出版社
CROSS NOVELS 編集部
「夜光 花先生」係／「みずかねりょう先生」係

CROSS NOVELS

推しはα《アルファ》 3 終わりよければ、すべて良し

著者
夜光　花

2022 年 8 月 23 日　初版発行　検印廃止

発行者　笠倉伸夫
発行所　株式会社　笠倉出版社
〒110-8625　東京都台東区東上野 2-8-7　笠倉ビル
［営業］TEL　0120-984-164
FAX 03-4355-1109
［編集］TEL　03-4355-1103
FAX 03-5846-3493
http://www.kasakura.co.jp/
振替口座　00130-9-75686
印刷　株式会社　光邦
装丁　コガモデザイン
ISBN 978-4-7730- 6346-2
Printed in Japan

CROSS NOVELS